Obra de Gabriel García Márquez
1962

La mala hora

〔哥伦比亚〕加西亚·马尔克斯 著
刘习良 笋季英 译

恶时辰

南海出版公司

新经典文化股份有限公司
www.readinglife.com
出 品

安赫尔神父费了好大的劲儿才从床上坐起来。他用瘦骨嶙峋的手揉了揉眼皮，推开蚊帐，坐在光溜溜的凉席上沉吟了片刻，这才意识到原来自己还活着。神父想了想：今天是什么日子啊，和圣徒祭日表上哪一位圣徒对应呢。"噢，十月四日，礼拜二。"想罢，他又低声说道："圣弗朗西斯科·德阿希斯。"

安赫尔神父穿好衣服，没去洗脸，也没去祈祷。他身材高大，脸上红扑扑的，那副安详的样子活像一头温顺的牤牛，而且他举止稳重，动作迟缓，一举一动都像头牛。神父用手指轻轻地扣好长袍上的纽扣，那股不紧不慢的劲头仿佛给竖琴调弦一样。他系好衣服，拔掉门闩，打开朝庭院的那扇门，一看到细雨中的晚香玉，他不由得想起一句歌词。

"我的眼泪让海水上涨。"他吁了一口气。

从神父的卧室到教堂，有一条回廊相通，两侧放着几盆鲜花。

回廊上墁着碎砖头。十月里，青草开始在砖缝间滋长起来。去教堂之前，安赫尔神父走进厕所，撒了好大一泡尿。他屏住呼吸，那股催人泪下的浓烈的氨水气味真是呛人。随后，他走到廊子上，又想起一句歌词："小艇会把我带进你的梦乡。"走到教堂狭窄的小门前，他再一次嗅到晚香玉的馥郁香气。

教堂里臭烘烘的。长方形的中殿上也墁着碎砖头，只有一扇大门通向广场。安赫尔神父径直走到钟楼下面，抬头一看，吊铊离头顶还有一米多高，他想：还可以走上一个礼拜。成群的蚊虫向神父猛扑过来。啪的一声，他一巴掌拍死后颈上的一只蚊子，在拉钟的绳子上揩干净手上的血迹。上面结构复杂的机械装置发出吱吱嘎嘎的声音，紧接着他听到钟楼里的时钟敲响了五下，声音喑哑而深沉。

待到余音散尽，神父两手抓住钟绳，把绳头绕在手腕上，劲头十足地敲响了破旧的铜钟。安赫尔神父已经六十一岁了，在这个岁数，敲钟可算是个累活。但他总是亲自召唤大家来望弥撒。只有这样做，他才觉得心安。

在当当的钟声里，特莉妮达推开临街的门，走到昨天晚上放老鼠夹子的那个角落，一看逮住了几只小老鼠，心里又是高兴又是恶心。

她打开第一个鼠夹，用大拇指和食指捏住老鼠尾巴，把它丢进一个草纸板做的盒子里。这时候，安赫尔神父打开了冲着广场的大门。

"您早,神父。"特莉妮达说。

神父没注意听姑娘那男中音般悦耳的声音。广场上空寂无人,杏树在雨帘中沉睡着。十月的清冷早晨,小镇显得死气沉沉。看到周围的景象,神父感到一阵惆怅和孤寂。耳朵习惯了淅淅沥沥的雨声之后,他又听见广场深处响起了巴斯托尔的单簧管那清晰又有点邈远的声音。这时候,神父才回答姑娘的问候。

"巴斯托尔没跟那伙弹小夜曲的人在一起。"他说。

"没有。"特莉妮达肯定地说。她端着装死老鼠的盒子朝神父走过来。"那伙人弹的是六弦琴。"

"他们傻里傻气地唱了两个钟头了。"神父说,"'我的眼泪让海水上涨',是不是?"

"这是巴斯托尔新编的歌。"她说。

神父一动不动地站在门口,一时间好像着了魔似的。多少年来,他时常听到巴斯托尔那单簧管的声音。每天清晨五点钟,在离教堂两条街的地方,巴斯托尔坐在一张小凳子上,背倚着鸽房的立柱,开始练习吹奏。小镇上一直就是这么一套程序,毫厘不爽:先是五点钟的五声钟响,接着是召唤人们望弥撒的晨钟,最后是巴斯托尔在自己的庭院里吹奏单簧管,清越的、节奏明朗的声音使弥漫着鸽子屎味的空气显得洁净了许多。

"曲子挺好听,"神父说,"可是歌词太笨了。几句话颠过来倒过去都能唱，没有什么区别。梦会把我带上你的小艇。"

神父对自己的新发现十分得意，微笑着转过身去，点燃了祭坛上的蜡烛。特莉妮达跟在神父后面。她身穿一件长长的白晨衣，袖子长抵手腕，腰间系着一条淡蓝色的绸带（这是某个世俗团体的固定装饰）。她的两条眉毛连在一起，眉毛底下闪动着一双漆黑发亮的眼睛。

"整个晚上他们都在离这儿不远的地方。"神父说。

"在玛戈特·拉米蕾丝家里。"特莉妮达心不在焉地答道。她把盛死老鼠的纸盒晃得哐啷哐啷直响。"不过，昨晚上还有比唱小夜曲更妙的事哪。"

神父停住脚步，两只宁静的淡蓝色的眼睛盯在特莉妮达身上。

"什么事？"

"匿名帖。"特莉妮达神经质地笑了笑。

和教堂隔着三扇门的那幢房子里，塞萨尔·蒙特罗还在做梦，他梦见几只大象。大象还是他礼拜天在电影里看到的呢。那天，离电影结束只差半个小时，突然下了一场暴雨。如今在梦境里，电影正接着往下演。

惊恐万状的土人东逃西窜地躲避象群，塞萨尔·蒙特罗也把沉重的身躯一个劲儿地往墙上挤。妻子轻轻推了他一下。其实，两个人都没有醒来。"快走吧！"他咕哝了一声，又把身子躺平了。猛然间,他醒了过来,只听教堂里正在敲第二遍钟,叫大家去望弥撒。

这间屋子很宽敞,周围装着铁栅栏。面朝着广场的那扇窗户也装着栅栏,提花布做的窗帘上印着黄色的花朵。床头柜上放着一台收音机、一盏灯和一口锃亮的方形座钟。对面靠墙放着一个带穿衣镜的宽大衣柜。塞萨尔·蒙特罗穿马靴的时候,听到巴斯托尔吹单簧管的声音。生皮子做的靴带沾上泥,变得硬邦邦的。塞萨尔·蒙特罗使劲拽了拽靴带,用拳头攥住它来回捋了捋,他那副手掌比靴带皮子还粗糙。接着,他到床底下找马刺,没有找着。昏暗中,他继续穿衣服,尽量不弄出声响,免得把妻子吵醒。他扣好衣服,看了看床头柜上的钟,又猫下腰,到床底下找马刺。他先用手摸了摸,然后慢慢地趴在地上,钻到床底下去。这时候,他的妻子醒过来了。

"找什么?"

"马刺。"

"在衣柜后面挂着哪,"她说,"礼拜六你自己挂在那儿的。"

她把蚊帐推到一边,打开灯。塞萨尔·蒙特罗红着脸直起腰来。他的个头很大,长得虎背熊腰,可是动作十分轻捷,即使穿上那双底了像两根粗木条样的马靴,也还是那么灵便。他体魄健壮,总不显老。不过,从脖子上的皮肤可以看出来,他已经年过半百了。塞萨尔·蒙特罗坐在床上装马刺。

"雨还在下呢。"他的妻子说。她觉得浑身酸懒,似乎夜间的潮气全被她吸进骨头里去了。"我真像块海绵似的。"

塞萨尔·蒙特罗的妻子个头矮小,瘦骨嶙峋,鼻子又长又尖,整天好像睡不醒似的。她隔着窗帘朝外张望了一下,看看雨下得怎么样了。塞萨尔·蒙特罗系好马刺,站起身来,用鞋后跟在地上磕了几下。黄铜马刺震得屋子一个劲儿地颤动。

"十月里,老虎正好长膘。"他说。

可他妻子陶醉在巴斯托尔那悠扬的音乐声中,根本没听见他说什么。她转过脸来的时候,看见塞萨尔·蒙特罗正对着衣柜梳头。他两腿叉开,低着脑袋,穿衣镜简直容不下他。

她低声哼着巴斯托尔吹的曲子。

"整整一夜他们一直在唱这首歌。"他说。

"挺好听的。"她说。

她从床头上解下一根缎带,把头发拢到脑后扎了起来。这时候,她完全醒过来了,长长地舒了口气说:"我将永远留在你的梦中,直到死神降临。"塞萨尔·蒙特罗没有答理她。他从衣柜的抽屉里拿出一个钱夹——抽屉里面放着几件首饰、一块小型女士表和一支自来水笔——抽出四张票子,又把钱夹放回原处。随后,他把六发猎枪子弹装进衬衫兜里。

"要是雨不停,礼拜六我就不回来了。"他说。

塞萨尔·蒙特罗打开通往院子的屋门,在门槛上停了一会儿,一边呼吸着十月里阴冷的空气，一边让眼睛适应外面的黑暗。他刚要带上门，卧室里的闹钟蓦地丁零零响了起来。

妻子从床上一跃而起。他手扶着门环站在那里，一直等到妻子将闹钟按停。这时候，他才第一次看了她一眼，想了一下说：

"昨天晚上我做了个梦，梦见一群大象。"

说完，他把门带上，去给骡子备鞍。

第三次晨钟敲响之前，雨突然下大了。贴着地皮刮起一阵狂风，吹落了广场上杏树的几片残余的枯叶。路灯熄灭了，每家每户的大门还关得严严的。塞萨尔·蒙特罗把骡子赶进厨房，骑在骡背上，大声叫他妻子把雨衣拿来。他取下斜挎在背上的双管猎枪，用鞍上的绳子把猎枪横着绑好。这时候，妻子拿着雨衣走了进来。

"等雨停了再走吧。"她犹犹豫豫地说。

他默默地穿上雨衣，朝院子里望了望。

"这场雨说不定会下到十二月。"

塞萨尔·蒙特罗的妻子目送着丈夫到了走廊的另一端。瓢泼大雨倾泻在锈迹斑斑的铁皮屋顶上，他还是出门了。他用马刺往骡子身上一磕，连忙把身体伏在鞍上，免得碰着门楣。朝院里一走，顺着房檐流下的雨水落在他的背上，像铅弹一样爆裂开来。走到大门口，他也没有掉过头来，只是喊了一声：

"礼拜六见。"

"礼拜六见。"她说。

广场上,只有教堂的大门大敞着。塞萨尔·蒙特罗抬头一看,只见天空浓云密布,离头顶只有几拃远。他伸手画了个十字,用马刺猛踢一下坐骑。那头骡子扬起前蹄,打了几个盘旋,才在像肥皂一样滑溜的泥地上站稳。就在这时候,他忽然瞥见自家的门上贴着一张纸片。

塞萨尔·蒙特罗骑在骡子上看了看纸上写了些什么。雨水已经把字的颜色冲淡了,好在油漆刷写的印刷体字母遒劲粗犷,还能看明白是什么意思。塞萨尔·蒙特罗赶着骡子朝墙边靠了靠,猛地把纸揭下来,撕得粉碎。

他一抖缰绳,骡子嘚嘚嘚一阵小跑,脚步很匀称,足能跑上几个小时。他沿着一条狭窄弯曲的街道离开了广场。街道两旁的房屋都是泥土墙的。人们睡梦方醒,正纷纷打开大门。一股咖啡的芳香扑鼻而来。塞萨尔·蒙特罗来到镇子边,掉转骡子,又是一阵小跑回到广场,在巴斯托尔家门前勒住了坐骑。他翻身下骡,取下猎枪,把骡子拴在木桩子上,一切都做得从容不迫。

大门没有上闩,地上汪着一大摊水。塞萨尔·蒙特罗走进昏暗的堂屋。他听到一声尖厉的乐器声,随后便悄然无息了。屋子里有一张小桌,四周整整齐齐地放着四把椅子。桌子上铺着一块羊毛织的桌布,摆着一个插假花的瓶子。他穿过房间,走到通向庭院的屋门前停住脚步,把雨衣的兜帽往后一甩,摸着黑拉开猎枪的枪栓。然后，他平静甚至有些亲切地叫了一声：

"巴斯托尔。"

巴斯托尔出现在门口，手里正在拆卸单簧管的吹嘴。这是一个身材瘦削的小伙子，腰杆挺得笔直，刚刚长出的胡髭用剪刀修理得十分整齐。他看见塞萨尔·蒙特罗脚后跟使劲蹬在地上，猎枪提在腰间，装好子弹瞄准了他。他吓得目瞪口呆，一声没吭，面色顿时煞白，强挤出一丝苦笑。塞萨尔·蒙特罗站稳脚跟，用胳膊肘紧紧夹住枪托，咬紧牙关，扣了一下扳机。只听砰的一声，屋子抖了一下。也不知道是枪响之前还是枪响之后，塞萨尔·蒙特罗看见门外的巴斯托尔像条虫子似的扭着身体向前爬了几步，身子底下是一片沾满鲜血的细碎的羽毛。

枪响的时候，镇长正要进入梦乡。一连三个晚上，他牙疼得睡不着觉。今天清晨，望弥撒的晨钟第一次敲响时，他吞下了第八片止痛片。牙疼稍微好了一点，听着雨点落在锌板屋顶上的嗒嗒声，他渐渐有了些睡意。入睡时，牙虽不疼了，可还是一跳一跳的。枪声一响，镇长猝然惊醒，伸手抄起手枪和子弹带。平素他总是把这两样东西放在吊床旁的一把椅子上，左手一伸就能够着。醒来以后，他只听到细雨的沙沙声，还以为自己做了个噩梦，牙又开始疼了。

镇长有点发烧，从镜子里看到自己的面颊肿了起来。他打开一个装薄荷油膏的盒子，把油膏涂在痛处。嘴巴肿了，一直没法刮脸。蓦地，透过雨声，他听到远处人声嘈杂，于是走到阳台上。街上的居民正朝广场跑去，有些人只穿着睡衣。一个小伙子扭过头来，举起双臂，边跑边朝他喊道：

"塞萨尔·蒙特罗杀死了巴斯托尔。"

广场上，塞萨尔·蒙特罗端着枪对着人群转来转去。镇长简直认不出这个人了。他用左手从枪套里拔出手枪，朝广场中央走去。人们给他闪出一条路。从台球厅里走出一名警察，端着一支上了膛的步枪，瞄准塞萨尔·蒙特罗。镇长压低声音对他说："别开枪，畜生！"他边说边把手枪装进枪套里，从警察手中夺过步枪，举着它继续走向广场中央。人群纷纷往墙边退去。

"塞萨尔·蒙特罗，"镇长高声叫道，"把猎枪交给我。"

这时候，塞萨尔·蒙特罗才看见镇长。他猛地一跳，扭过身子来对着镇长。镇长立刻扣住扳机，但是没有开枪。

"过来拿吧！"塞萨尔·蒙特罗喊道。

镇长左手端好枪，右手抹了抹眼皮上的雨水，一步步地朝前走，手指紧张地扣住扳机，两眼死死地盯着塞萨尔·蒙特罗。突然，他止住脚步，用和蔼的口吻说：

"把枪扔在地上，塞萨尔。别再干蠢事了。"

塞萨尔·蒙特罗倒退了一步。镇长依然紧张地扣着扳机，浑身上下的肌肉一动也不动，直到塞萨尔·蒙特罗手往下一垂，把猎枪扔在地上。这时候，镇长才发觉自己只穿着一条睡裤，可站在雨里还是热汗涔涔，牙也不疼了。

家家户户纷纷打开大门。两名荷枪实弹的警察冲到广场中央。人群随着他们聚拢过来。警察半转过身，举起枪大声喊道：

"往后退！"

镇长谁也不看，平心静气地说：

"请大家退出广场。"

人群散开了。镇长搜了搜塞萨尔·蒙特罗身上，不过没叫他脱掉雨衣。在他的衬衫口袋里找到了四发子弹，裤子后兜里找到一柄牛角把的匕首，另一个兜里找到一个笔记本、一个拴着三把钥匙的金属环和四张一百比索的票子。塞萨尔·蒙特罗张开两手，脸上毫无表情，只是偶尔转动一下身体，听任镇长搜身。搜查完毕，镇长把两名警察叫过来，将东西和塞萨尔·蒙特罗一起交给他们。

"立刻把他带到镇长办公室去，"他命令说，"可要好好看管他。"

塞萨尔·蒙特罗脱下雨衣，交给一名警察。他昂首阔步地在两名警察中间走着，毫不理睬蒙蒙细雨和广场上聚集的困惑不解的人群。镇长目送着他走远，心里像是在琢磨着什么。随后，他转过身来对着人群做了个哄赶小鸡的手势，嘴里嚷道：

"散开，散开。"

他用赤裸的胳臂擦擦脸上的雨水，然后穿过广场，走进巴斯托尔家。

死者的母亲瘫软在一把椅子上，周围一圈围着妇女，正在使劲给她扇扇子。镇长把一名妇女往边上一推，说道："放点空气进来吧。"那女人扭过头来看了看他。

"老太太刚刚出门，要去望弥撒。"她说。

"好啦，好啦，"镇长说，"你们躲开点，让她喘口气。"

巴斯托尔还在走廊里，脸朝下趴在鸽房边上，身子底下压着一层沾满鲜血的羽毛。一股浓烈的鸽子屎味直冲鼻孔。几个男人正打算把尸体抬开，这时候镇长来到了门口。

"散开，散开！"他说。

那几个人把尸体又放回鸽毛上，保持原来的样子。放好后，大家默默地后退了几步。镇长端详了一下尸体，把它翻过来。细碎的羽毛登时飞扬起来。尸体的腰部有许多羽毛粘在尚有余温的鲜血上。镇长用手把羽毛扒拉开。尸体身上的衬衫破了一个洞，裤腰带的铜扣被打碎了。衬衣底下肠子流出体外。伤口已经不流血了。

"是用打老虎的猎枪打的。"一个男人说。

镇长直起腰来，在鸽房的立柱上揩掉粘在手上的带血的羽毛，两眼一直注视着尸体。最后，他在睡裤上擦了擦手，对那几个男人说：

"别挪动他！"

"把他放平了吧。"有人说。

"那就留神点,抬好了。"镇长说。

屋子里传出女人们的哭声。号叫声和令人窒息的气味让屋里的空气显得越发稀薄了。镇长迈步朝外面走去,走到大门口时遇见了安赫尔神父。

"人死啦!"神父神情慌张地大声说。

"像头猪似的!"镇长回答道。

广场周围的住家把大门打开。雨已经停了,但阴暗的天空仍然飘浮在各家的屋顶上,连一缕阳光也透不过来。安赫尔神父拉住镇长的胳膊。

"塞萨尔·蒙特罗可是个好人,"他说,"这回准是一时糊涂。"

"知道了,"镇长不耐烦地说,"您不用担心,神父,不会出什么事的。请进吧,里面的人正需要您。"

镇长急急忙忙地走开了,并命令警察撤掉守卫。被挡在外面的人群朝巴斯托尔的家中拥了进去。镇长走进台球厅。一名警察正在等他,手里拿着一身干净的衣服,是一套中尉的军服。

往常这个时候,台球厅是不开门的。今天,还不到七点钟就宾客盈门了。有几个人坐在四方桌周围或者斜倚着吧台喝咖啡,他们多半穿着睡衣和拖鞋。

镇长在众目睽睽之下脱光衣服,用睡裤把身子擦得半干不湿,一边穿上干净衣服,一边默不作声地侧耳聆听着周围人的交谈。

离开台球厅时,他已经把事件的细节搞得一清二楚了。

"当心点,"镇长站在门口高声说道,"谁要是扰乱镇上的秩序,我可要送他去蹲牢房。"

他沿着石墁的街道走去,看见过往的行人也不打招呼。他看得出来,镇上人心浮动。他还年轻,举止灵巧,每走一步都想让人感受到他的权势。

七点钟,每周三次来这里运送货物和旅客的小船拉响汽笛,离开了码头。今天和往日不同,谁也没心思注意小船是否开走了。镇长沿街走着,住在大街两侧的叙利亚商人把五光十色的货物摆出来。奥克塔维奥·希拉尔多大夫从诊所门口看着小船渐渐离去。大夫究竟有多大岁数,谁也看不出来,他满头油光的鬈发,身上也穿着睡衣,脚上也趿着拖鞋。

"大夫,"镇长说,"穿好衣服,跟我验尸去。"

大夫惊异地打量着镇长,张开嘴,露出一排结实而洁白的牙齿。"现在就去验尸?"他说,接着又加上了一句:

"看得出来,这可是一大进步。"

镇长刚要笑,牙齿一疼,连忙忍住了,用手捂住嘴。

"怎么啦?"大夫问。

"一颗倒霉的牙。"

看样子希拉尔多大夫还有几句话要说。可是镇长有急事,先走了。

他走到码头尽头,敲了敲一户人家的大门。这是一间茅草屋,墙上没有糊泥,棕榈叶的屋顶几乎低垂到水面上。一个怀有七个月身孕、面色焦黄的女人打开了门。她赤着一双脚。镇长把她拨拉到一边,走进暗幽幽的房间。

"法官!"他叫了一声。

阿尔卡迪奥法官拖着一双木屐,出现在里屋门口。他穿着一条斜纹布裤子,没扎腰带,就那么绷在肚子上,上身光着,什么也没穿。

"快收拾收拾,跟我处理尸体去。"镇长说。

阿尔卡迪奥法官吃惊地嘘了一声。

"这是从何说起?别开玩笑了。"

镇长径直走进卧室。"不是开玩笑。"他一边说着话,一边打开窗户,透透新鲜空气。主人刚刚起床,屋里的空气太污浊了。"这件事真得好好办一办。"他在熨得平展的裤子上擦净手上的尘土,然后一本正经地问:

"你知道处理尸体的手续吗?"

"当然。"法官答道。

镇长凑到窗前看了看两只手。"把秘书也叫上,看看要填写什么。"他漫不经心地说。随后,他摊开双手,手上有几条血印了。他扭过脸来,看着那个年轻的女人。

"哪儿能洗洗?"

15

"水池里。"她说。

镇长走到院子中。法官的女人从箱子里找出一条干净毛巾,又裹上一块香皂。

她来到院子里的时候,镇长正一边甩着手上的水,一边往卧室走。

"我给您拿香皂来了。"她说。

"行了,就这样吧。"镇长边应和边看了看手掌,然后接过毛巾来把手揩干,满腹心事地瞅着阿尔卡迪奥法官。

"死鬼身上尽是鸽子毛。"他说。

他坐到床上,一口一口地喝着浓咖啡,等着阿尔卡迪奥法官穿好衣服。法官的女人在屋里走来走去,侍候他们。

"您这个牙不拔掉,永远也消不了肿。"她对镇长说。

镇长把阿尔卡迪奥法官推到大街上,扭过头来看着法官的女人,用食指指着她那隆起的肚子,问道:

"这个肿,什么时候能消啊?"

"啊,快啦。"她说。

这天黄昏,安赫尔神父没有像平时那样外出散步。送完葬,他留在低洼地区的一户人家里叙家常,一直待到傍晚。细雨绵绵,下个不停,弄得他脊椎老是疼,但他心境还不错。回到家时,街上已经灯火通明了。

特莉妮达正在走廊上浇花。神父问她供品放在哪儿,她回答说,放在大祭坛上了。屋里开了灯,蚊虫像一层云雾似的把神父包围起来。关门之前,神父不停地在屋里喷洒杀虫药,呛得他自己一个劲儿地打喷嚏。喷完药,累得他热汗淋淋。他脱下黑袍子,换上平时穿的那件打补丁的白长袍,接着又去做晚祷。

回到房间里,神父把平锅放在火炉上,煎上一片肉。趁这个工夫把葱头切成细长条。然后,他把食物通通倒在一个盘子里,里面盛着午饭吃剩的一截煮得半熟的木薯和一点冷米饭。他端着盘子来到桌边,坐下来开始吃晚饭。

神父用餐刀把食物切成一小块一小块的,用叉子一样叉起一块,一起送到嘴里,然后闭紧嘴巴,仔细地咀嚼着,镶银套的牙齿把每一粒米都嚼烂了。嚼东西的时候,他把刀叉放在盘子边上,用十分认真的目光不住地端详自己的房间。在他对面摆着一个立柜,里面存放着一厚册一厚册的堂区档案。屋角放着一把高背藤摇椅,椅背上枕脑袋的地方绷着一个垫子。摇椅背后有一道隔扇,上面挂着一副十字架,旁边还有一张咳嗽糖浆的广告日历。隔扇那边就是卧室。

吃完饭,安赫尔神父觉得有点憋闷。他打开一包番石榴做的甜饼,又倒了满满一碗水,一边吃甜饼一边直勾勾地瞧着日历。吃一口,喝一点水,目光始终盯在日历上。最后,他打了个嗝,用袖子擦了擦嘴唇。十九年来,神父一直这样孤零零地一个人在书房进餐，每天丝毫不变地重复着这些动作。对自己的独身生活，他从来不曾感到有什么不妥。

做完晚祷，特莉妮达来向神父要钱买砒霜。神父第三次拒绝了她，说放上老鼠夹子就行了。特莉妮达坚持说：

"老鼠太小，把奶酪偷走了，夹子却夹不着。最好还是在奶酪里掺上毒药。"

神父觉得特莉妮达说得有理。他刚要说这句话，突然从教堂对面电影院的高音喇叭里传出一阵嘈杂声，打破了教堂的宁静。起先是喑哑的嗡嗡声，后来又是针头划唱片的刺啦声，最后是以尖厉的小号开头的曼波曲。

"今晚有电影吗？"神父问。

特莉妮达说有。

"知道演什么吗？"

"《塔桑和绿衣女神》，"特莉妮达答道，"就是上个礼拜天因为下雨没演完的那部片子。大家都说不错。"

安赫尔神父走到钟楼下面，慢悠悠地敲了十二下钟。特莉妮达不由得大吃一惊。

"您弄错了，神父，"她边说边摆手，眼睛里闪烁着激动的光芒，"这是部好片子。您好好想一想，上个礼拜天您可根本没敲钟。"

"这是对全镇居民缺乏尊重。"神父说。他擦干脖子上的汗水，又气喘吁吁地重复了一句："缺乏尊重。"

特莉妮达明白了他的意思。

"人人都知道刚举行过葬礼，"神父说，"全镇的人都争先恐后地抬棺材。"

过了一会儿，安赫尔神父送走了特莉妮达，关上面向空荡荡的广场的大门，又关了教堂里的灯。当他穿过走廊朝卧室走去的时候，忽然想起忘记给特莉妮达买砒霜的钱了，于是用手轻轻地拍了拍前额。但是走到房门口时，他又把这件事忘得一干二净了。

片刻之后，神父坐在书桌前，准备写完头天晚上开了头的那封信。他把长袍齐胸以上的扣子都解开，把信纸、墨水瓶和吸墨纸摆在桌上，伸手到衣兜里找眼镜。摸了一会儿，他忽然想起眼镜还在送葬时穿的那件长袍里，又站起来去取。他把昨天写的重读了一遍，动手写另外一段。这时候，有人连叩三下门。

"进来！"

来人是电影院的老板，矮个儿，面色苍白，脸刮得干干净净，总带着一副听天由命的神情。他身穿一件洁白的亚麻布衣服，整齐得无可挑剔，脚上穿着双色鞋。安赫尔神父请他在藤摇椅上坐下。老板从裤兜里掏出一块手帕，仔仔细细地打开，掸了掸座位上的灰尘，又并拢腿坐下来。安赫尔神父这才看清楚他腰里别着的不是手枪，而是一个手电筒。

"请问有何贵干？"神父说。

"神父,"老板几乎喘不过气来,"请您原谅我冒昧介入您的事情。不过,今天晚上您可能有些误会。"

神父点了点头,等着他说下去。

"《塔桑和绿衣女神》是一部有益于大众的影片,"老板继续说,"上礼拜天您本人就这么说过。"

神父想打断他的话,可是老板扬起一只手,表示他的话还没有说完。

"我完全同意您敲钟以示警告,"他说,"因为的确有一些片子有伤风化。只是这部片子没有一点不雅的地方。我们打算礼拜六演一次儿童专场。"

安赫尔神父告诉他,从每个月通过邮局收到的影片目录中看,这部确实不属于有伤风化的片子。

"但是,今天这个日子放电影,"神父接着说,"那是对死了人的小镇上的居民缺乏尊重。这也是道德问题啊。"

老板看了看神父。

"去年,警察在电影院里打死一个人,尸体刚一抬走,电影便接着往下演了。"老板大声说。

"今年情况不同了,"神父说,"连镇长都换了人啦。"

"再举行选举的时候,还会来场大屠杀的,"老板气急败坏地说,"自从有这个小镇以来,事情就一直是这样。"

"那就走着瞧吧。"神父说。

老板用忧郁的目光看了神父一眼。他抖了抖衬衣透透气，再开口说话的时候，口气里分明带着恳求的味道。

"这是今年以来第三部受到大家欢迎的影片，"他说，"上个礼拜天下雨，剩下三盘没放完，很多人都想知道片子的结局。"

"钟已经敲过了。"神父说。

老板绝望地长叹一声，直愣愣地瞅着神父，似乎还在等着什么，其实他只是在想，这间书房真是热得让人受不了。

"这么说，无法挽回了？"

安赫尔神父摇了摇头。

老板用手掌拍拍膝盖，站起身来。

"好吧，"他说，"真拿您没有办法。"

他把手帕叠好，揩干脖子上的汗水，哭丧着脸瞧了瞧书房。

"简直是座地狱。"他说。

神父把他送到门口，然后插上门闩，坐下来接着写信。他又从头看了一遍，把刚才被打断的那段写完以后，停下笔来陷入沉思。这时候，喇叭里的音乐声停止了。"亲爱的观众，"一个声音说，"本院为向死者致哀，今晚电影到此结束。"安赫尔神父听出是老板的声音，脸上漾起了笑容。

天气越发热了。神父还在写信，偶尔停下笔来擦擦汗，把写完的段落重读一遍。就这样一共写了两页纸。刚签好名，突然又下起滂沱大雨。地面的潮气钻到房间里来。安赫尔神父在信封上

21

写好地址，盖上墨水瓶盖，准备把信纸叠好。但在这之前，他又重新读了读最后一段，然后打开墨水瓶盖，写了以下的附言：又下雨了。今冬气候如此，加之上述情况，估计今年的日子不太好过。

礼拜五清晨，气候温和干燥。这天早上，阿尔卡迪奥法官和他女人欢爱的时候，把蚊帐的挂绳扯断了，两个人一起跌到地上，裹在蚊帐里。

"搁在这儿吧，"法官的女人喃喃地说，"待会儿我来收拾。"

他们赤条条地从乱作一团的蚊帐里爬出来。阿尔卡迪奥法官走到箱子前去找一条干净的内裤。等他回来，他的女人已经穿好衣服，正在收拾蚊帐。法官走过去，也没有看他的女人一眼，就坐在床铺的另一边穿鞋子，还哼哼地喘着粗气。那女人跟了过来，把圆鼓鼓的肚子抵在他的胳臂上，用牙齿咬他的耳朵。法官轻轻把她推开。

"让我安静一会儿。"他说。

他的女人咯咯咯地笑了一阵，显得底气很足。她跟在男人后面走到房间另一端，用手指捅了捅他的腰眼。"驾！小毛驴！"她说。法官往旁边一跳，推开了她的手。她不再逗弄她的男人了，呵呵大笑起来。蓦地，她把脸一绷，高声叫道：

"天哪！"

"怎么啦？"法官问。

"门敞着哪！"她大声地说，"哎呀！真丢人！"

她咯咯笑着跑进盥洗室。

阿尔卡迪奥法官没等着喝咖啡。牙膏里的薄荷味凉丝丝的十分爽口。他高高兴兴地走到大街上。太阳黄澄澄的。叙利亚人坐在自家店铺门前，凝望着静静的小河。走过希拉尔多大夫诊所的时候，法官用手挠了挠纱门，脚步不停地嚷道：

"大夫，治头疼哪种药最好？"

大夫从屋里回答说：

"头天晚上别喝酒最好。"

码头上，有几个女人正在高声谈论昨天晚上贴出来的一张新匿名帖。今天黎明时，天气晴朗，没有下雨。女人们去望五点钟的弥撒，看到了这张帖子，眼下弄得满城风雨。阿尔卡迪奥法官没有停下来。他觉得自己仿佛是一头牡牛，被人穿上鼻环直往台球厅里拉。进去后，法官要了一瓶冰镇啤酒和一片止痛片。刚刚九点钟，台球厅里已经高朋满座了。

"全镇的人都在闹头疼。"阿尔卡迪奥法官说。

他拿着酒瓶走到一张桌子前。桌边有三位顾客守着啤酒杯在发呆。他在旁边的空位子上坐下来。

"又出事了？"他问。

"今天早晨贴出了四张匿名帖。"

"大伙儿看到的那张，"其中一个人说，"是给拉盖尔·孔特蕾拉丝贴的。"

阿尔卡迪奥法官一边嚼着止痛片，一边对着瓶口喝啤酒。第一口喝下去，觉得有点恶心。随后肚子里有了底，再喝就觉着清新爽口了。

"上面说些什么？"

"都是些混账话，"那个人说，"说她今年出了几趟门，她自己说是去装牙套，其实是去打胎。"

"这件事还用得着贴匿名帖？"阿尔卡迪奥法官说，"人们早就传开了。"

炎热的太阳刺得人眼睛生疼。法官离开台球厅的时候，却还没有觉出早晨带给人的不适。他径直朝法院走去。法院秘书——一个干瘦的老头——正在那儿煺鸡毛。他用疑惑的目光透过眼镜看着法官。

"是哪阵风把您吹来了？"

"这档子事总得办啊。"法官说。

秘书趿拉着一双拖鞋走到院子里，隔着栅墙把煺了一半毛的母鸡交给饭店的厨娘。虽说阿尔卡迪奥法官接任已经十一个月了，今天却是他第一次坐在办公桌前。

这间破旧的办公室被一道木栅栏隔成两间。外屋，在蒙着眼睛、手持天平的公正之神的画像下面，放着一张木制的长靠背椅。里屋，面对面放着两张旧办公桌，还有一个书架，书上积满尘土，另外有一台打字机。法官的办公桌上面的墙上，挂着一副铜十字架。对面墙上挂着一幅镶框的石板画，画上有一个笑眯眯的秃顶胖男人，胸前佩戴着总统绶带，下面有一行金灿灿的大字：和平与正义。这幅画是整个办公室里唯一一件新东西。

秘书用手帕蒙住鼻子和嘴，开始用掸子掸掉办公桌上的灰尘。"要是不把鼻子遮上点，准得咳嗽。"他说。阿尔卡迪奥法官没有答理他，坐在转椅里把头朝后一仰，伸直两条腿，试了试椅子的弹簧。

"摔不下去吧？"他问。

秘书摇了摇头。"上届法官维特拉遇害的时候，弹簧全都绷开了，"他说，"现在已经修好了。"他没有放下手帕，又接着说：

"换了政府以后，镇长马上派人来修理转椅。把专案人员派出去，四处进行调查。"

"镇长巴不得法院能正常工作。"法官说。

他打开中间的抽屉，拿出一串钥匙，接着把抽屉一个个全都打开。抽屉里塞满了纸。法官用食指翻了翻那些纸片，浏览了一遍，没有发现什么值得注意的东西。然后，他又把抽屉关好，把办公桌上的文具收拾了一下。桌上有一个红墨水瓶、一个蓝墨水瓶和一红一蓝两支钢笔。墨水已经完全干了。

"镇长对您很有好感。"秘书说。

法官坐在转椅里摇来摇去，一边擦抹椅子扶手，一边用阴郁的目光望着秘书。秘书凝视着他，似乎要把此时此刻光线下法官端坐在转椅上的姿态永远印在脑海里。他用手指着法官说：

"维特拉法官遭到枪击的时候，和您现在的姿势一模一样，分毫不差。"

法官用手敲了敲太阳穴上暴出的青筋。他的头又疼了起来。

"当时我在这儿。"秘书朝木栅另一边走去，指着打字机继续说。他一面不住地唠叨着，一面趴在木栅上，举起掸子当枪一样对准阿尔卡迪奥法官，那副架势活像牛仔片里的江洋大盗。"三名警察就这样站着，"他说，"维特拉法官一看见他们，立刻举起双手，慢吞吞地说：'别杀我。'说时迟那时快，只见椅子砰地倒在一边，维特拉法官摔倒在另一边，中弹身亡了。"

阿尔卡迪奥法官用手使劲按住脑袋，直觉得里面咚咚直跳。秘书解下手帕，把掸子挂在门后，又说："这件事，说来说去就是因为有一次他喝醉了，说什么只要他在这儿，就要保证选举的纯洁性。"说到这儿他住了口，只见法官用手捂着胸口，蜷缩在办公桌上。

"您不太舒服吗？"

法官回答说，是的。他讲了讲昨天晚上发生的事，要秘书到台球厅去要一片止痛片和两瓶冰镇啤酒。一瓶啤酒下肚后，阿尔卡迪奥法官觉得心里清爽多了，脑袋也清醒了。

秘书在打字机前坐下来。

"现在有什么可干的？"他问。

"没什么事。"法官说。

"您看，我能不能离开一下，帮玛丽娅把鸡毛煺了。"

法官不同意。他说："这里是执法机关，不是煺鸡毛的地方。"他摆出一副关切的样子，自上而下地打量着他的下属，又接着说：

"您把那双拖鞋扔了，穿双好鞋再来上班。"

临近中午的时候，天气越发热了。到十二点钟，阿尔卡迪奥法官已经灌下一打啤酒。他沉浸在对往事的回忆之中，醉眼迷离地跟秘书谈起过去逍遥自在的生活。一个个漫长的礼拜天都是在海滨度过，不知餍足的混血女郎躲在大门洞里，和男人寻欢作乐。"那时候，生活就是如此。"法官一边说，一边把大拇指和食指捻得啪啪响。秘书一言不发，毕恭毕敬地聆听着，不时地点点头表示赞同。阿尔卡迪奥法官说着说着，舌头有点不太灵便了，却愈发起劲地回忆着往事。

一点的钟声敲响了，秘书显得不太耐烦。

"汤都凉了。"他说。

法官不让他站起来，说道："在这种镇子上，难得碰上一位像您这样有才干的人。"秘书连声道谢。他热得筋疲力竭,只得在椅子上换了个姿势。这个礼拜五真是长得没有尽头。两个人坐在炽热的锌板屋顶下又闲扯了半个钟头。天气热得像蒸笼,镇上的人开始睡午觉了。秘书勉力支撑着,又提到匿名帖的事。阿尔卡迪奥法官耸耸肩。

"你也在挂念着这件缺德事哪。"法官说,他第一次用"你"来称呼秘书。

秘书不打算再闲聊下去,饥饿和憋闷把他折磨得疲惫不堪。他并不认为张贴匿名帖仅仅是件蠢事。"已经死了一个人,"秘书说,"照这样下去,我们不会有好日子过的。"接着,他讲述了某镇发生的事。他说,由于到处张贴匿名帖,那个小镇七天之内就完蛋了,有的居民互相残杀,侥幸活下来的人把死者从地里刨出来,带着遗骨远走他乡,发誓永远不再回来。

法官听着秘书的讲述,脸上露出嘲讽的神情。他慢悠悠地解开衬衣扣子,心里想,这位秘书倒挺喜欢情节恐怖的故事。

"你说的这些不过是一本非常简单的侦探小说。"法官说。

秘书摇了摇头。阿尔卡迪奥法官说,上大学的时候,他参加过一个专门破解奇案的组织。每个成员都要看一本情节离奇的小说,看到关键的地方就停下来。周末,大家聚在一起来破解这些案件。"我一次也没有弄错过,"法官说,"我很熟悉经典作家的作品,这自然帮了我大忙。经典作家们发现了生活的一条逻辑,借助它可以洞察一切秘密。"接着,他举出一个例子:一天晚上十点钟,有一个人在一家旅馆登记住宿,登完记上楼去了自己的房间。第二天早晨,服务员给他送咖啡,发现他死在了床上,而且尸体已经腐烂。把尸体一解剖才发现,原来头天晚上的来客早在八天前就死了。

秘书站起身来,浑身的骨节咔吧咔吧直响。

"这就是说,来客到旅馆之前已经死了七天。"秘书说。

"这个故事是十二年前写的,"阿尔卡迪奥法官没有答理他,接着说,"但是,早在公元前五世纪,这个秘密就被点破了。"

他正要把秘密说出来,秘书却忍耐不住了。"自开天辟地以来,还从没有人弄清过匿名帖是谁贴的。"他毫不客气地说。阿尔卡迪奥法官斜睨着他。

"我敢打赌,我会发现的。"法官说。

"好吧,一言为定。"

对面房子里,蕾薇卡·德阿希斯躺在闷热的卧室中,简直喘不过气来。她脑袋深深地埋在枕头里,打算睡午觉,可又睡不着。她在太阳穴上贴了两片湿润的树叶。

"罗贝托,"她冲着丈夫说,"你再不开窗子,我们都要热死了。"

罗贝托·阿希斯打开窗户。这时候,阿尔卡迪奥法官正好离开办公室。

"你睡吧。"罗贝托·阿希斯恳求体态丰盈的妻子说。她身穿一件薄薄的尼龙衫,张开两只胳臂,躺在玫瑰色的幔帐里。"我发誓把这一切通通忘掉。"

妻子叹了一口气。

昨天晚上,罗贝托·阿希斯睡不着觉,在卧室里踱来踱去,一支接一支地抽烟。天亮的时候,他差一点抓住那个张贴匿名帖的人。他听见房子前面有沙沙的纸声,还听见有人用手来回摩挲,把纸平贴在墙上。不过,他明白得太晚了。等他打开窗子一看,匿名帖已经贴好,广场上连个人影也没有。

从那时候起,蕾薇卡·德阿希斯一直费尽心思地开导她丈夫,劝他不要激动。最后,她提出一个死马当活马医的办法:为了彻底证明她的清白无辜,她愿意当着丈夫的面向安赫尔神父大声忏悔。这个委曲求全的法子还真灵验。罗贝托·阿希斯尽管气昏了头,听到妻子提出这个办法,也只好偃旗息鼓,不敢再闹下去了。到下午两点钟,他答应妻子说,不再惦记匿名帖的事了。

"心里有事最好说出来,"妻子闭着眼睛说,"闷在肚子里,会闹人病的。"

罗贝托·阿希斯走出房间,顺手把门关好。在这栋宽敞昏暗、关得严严实实的房子中,他听见隔壁屋里隐隐地传出电风扇的呼呼声,母亲正在睡午觉。他从冰箱里取出一杯柠檬水,喝了下去。

黑人厨娘睁开一双困倦的眼睛看了看他。

厨娘待在一个风凉的地方，问罗贝托·阿希斯要不要吃午饭。他掀开锅盖，一只甲鱼四脚朝天地漂在滚开的水里。他脑海中倏地闪过一个念头：这只甲鱼被扔进锅里的时候，还是活生生的，等到把它端上桌子，用刀切开，它的心脏恐怕还得跳一阵吧。想到这儿，他并没有感到震悚。心底如此坦然，今天这还是头一次呢。

"我不饿。"说着他把锅盖盖好。走到门口，又说："太太也不吃了。她一整天都闹着头疼。"

他的房间和母亲的房间有一条墁着绿砖的走廊相连。从走廊上望去，可以看见院子深处有一个铁丝搭的鸡窝。在靠母亲那边，走廊的屋檐下挂着几只鸟笼，还有好多盆艳丽夺目的鲜花。

他七岁的女儿刚刚在躺椅上睡完午觉，面颊上还留着藤条的印迹。她嘟嘟囔囔地向父亲问了声好。

"快三点了。"罗贝托·阿希斯压低声音说，然后又慈祥地补了一句："快醒醒吧。"

"我梦见一只玻璃猫。"女儿说。

他情不自禁地微微颤抖了一下。

"怎么回事？"

"全身都是玻璃的，"女儿一边说一边用手比画着她梦见的那只猫什么模样，"就跟一只玻璃小鸟一样。不是鸟，是猫。"

罗贝托·阿希斯站在火辣辣的太阳底下,愣怔怔的仿佛在一座陌生的城市里迷了路。"把梦忘掉吧,"他咕咕哝哝地说,"这种事不值得记住。"这时,只见母亲走到卧室门口,他顿时打起精神来。

"你好点了。"他说。

阿希斯寡妇苦笑了一下。"我一天比一天好,好去投张票。"她抱怨地说,边说边把浓密的铁青色头发挽了个髻,然后走到走廊上给鸟笼换水。

罗贝托·阿希斯躺在刚才女儿睡觉的躺椅上,用手垫着后脑勺,一双无神的眼睛瞧着身穿黑衣、骨瘦如柴的母亲和小鸟悄悄地低语。小鸟浸到冷水里,欢快地扑棱着翅膀,把水溅了老太太一脸。阿希斯寡妇换完水,扭过脸来,心神不安地打量着自己的儿子。

"你上山去了?"她说。

"没去,"儿子说,"有些事要办。"

"礼拜一再走吧。"

罗贝托·阿希斯用目光表示同意。这时候,一个赤脚的黑人女仆领着小女孩穿过堂屋,送她去上学。阿希斯寡妇站在走廊上,一直等到她们走出去。随后,她向儿子打了个手势,罗贝托·阿希斯跟着她来到宽敞的卧室里。电风扇还在呼呼吹着。老太太疲惫不堪地一屁股跌坐在电风扇前破旧的藤摇椅上。刷过浆的洁白

33

的墙上悬挂着九个镶黄铜边的镜框，里面放着几个人童年时的照片。罗贝托·阿希斯躺在华丽的床上。照片上有些人就是郁郁不乐地老死在这张床上的，其中就有罗贝托·阿希斯的父亲。他是去年十二月去世的。

"出了什么事？"寡妇问。

"你相信人们说的话吗？"罗贝托·阿希斯反问了一句。

"到了我这把年纪，什么话都得信啊。"寡妇回答说，接着又淡淡地问道："人们说些什么？"

"说蕾薇卡·伊莎贝尔不是我亲生女儿。"

寡妇在摇椅上慢慢地摇晃起来。"按说她的鼻子长得可像阿希斯家的人。"她沉吟了一会儿，又漫不经心问："是谁说的？"罗贝托·阿希斯用牙咬着手指甲。

"有人贴了一张匿名帖。"

寡妇这才恍然大悟，原来儿子的黑眼圈并非是长年失眠的结果。

"匿名帖又不是人。"她果断地说。

"不过，匿名帖上说的正是人们纷纷议论的，"罗贝托·阿希斯说，"虽然你也许不知道。"

其实，多年来镇上的人对她家有些什么议论，老太太是一清二楚的。像她这样的家里，到处都是女仆、干女儿、受保护的女人，上年岁的、年纪轻的都有，即使把她们通通关在卧室里，也难免要引起街谈巷议、流言蜚语。当年创建这个镇子的时候，阿希斯家的人不过是些猪倌而已。他们个个都好惹是生非，仿佛生下来就是为了教人议论的。

"人们说的话，虽然你听见了，"她说，"可也不一定都是真的。"

"蒙特罗家的罗莎莉奥和巴斯托尔一块儿睡觉，这件事谁不知道？"他说，"巴斯托尔最后那首歌就是献给罗莎莉奥的。"

"大伙儿说是那么说，可是谁也没有亲眼看见。"寡妇反驳道，"现在倒好，人们都知道了，那首歌是献给玛戈特·拉米蕾丝的。他们准备要结婚，这件事只有他们俩和巴斯托尔的母亲知道。要是他们不那么使劲地保守秘密就好了。唉，咱们镇上也只有这么一件事没透出风来。"

罗贝托·阿希斯飞快地瞥了母亲一眼。"今天上午，有一阵子我以为自己活不成了。"他说。寡妇看上去似乎并没有受到什么触动。

"阿希斯家的人都爱争风吃醋，"她说，"真是家门不幸啊。"

母子俩沉默了好大一会儿工夫。快四点了，天气凉快下来。罗贝托·阿希斯关上电风扇，整栋房子顿时充满了女人的说话声和小鸟的啁啾声。

"把床头柜上那个药瓶递给我。"寡妇说。

她吃了两粒像人造珍珠一样圆滚滚的灰白色药丸，然后把药瓶交还给罗贝托·阿希斯，说道："你也吃两粒吧，能让你好好睡上一觉。"罗贝托·阿希斯用母亲杯里剩下的水服下两粒药，把脑袋斜倚在枕头上。

寡妇舒了口气，沉思了片刻。她想着镇上那五六户和她家处境相似的人家，说道：

"这个镇倒霉就倒在男人都得去上山，女人单独留在家里。"这句话听上去，仿佛全镇居民都如此似的。

罗贝托·阿希斯渐渐地进入梦乡。寡妇瞅着他胡子拉碴的下巴和高耸的长鼻子，不由得想起了谢世的丈夫。阿达尔贝托·阿希斯也经历过这样绝望的时刻。他是个身材高大的山民，一生当中只戴过一次赛璐珞的假领，而且总共才戴了十五分钟，照了一张相。这张相片如今还摆在床头柜上。据说，就在这间卧室里，他杀死了一个同他老婆睡觉的男人，随后又把他偷偷地埋在院子里。其实，根本不是那么回事。阿达尔贝托·阿希斯用猎枪打死的是一只长尾猴。当时，阿希斯太太正在换衣服，这只猴子蹲在卧室的房梁上，一边直勾勾地盯着她，一边手淫。猴子死了四十年了，可是流言一直未得更正。

安赫尔神父顺着陡峭的楼梯一级一级地往上走。二楼走廊的墙上挂着几支步枪和子弹带。走廊尽头，一个警察仰面朝天躺在行军床上。他看书看得入了神，直到听见有人向他打招呼才发现神父来了。他把杂志一卷，翻身坐了起来。

"看什么呢？"安赫尔神父问。

警察给他看了看那本杂志。

"《特利与海盗》。"

神父扫视了一下那三间钢筋水泥的牢房。牢房没有窗户，朝走廊的一面有个栅栏门，铁门闩又粗又大。在中间的牢房里，另外一名警察穿着短裤，叉开两腿，躺在吊床上睡得挺香。另外两间牢房空荡荡的。安赫尔神父向警察打听塞萨尔·蒙特罗关在什么地方。

"在那边，"警察用下巴指了指一扇紧闭着的房门说，"那是头儿的房间。"

"能和他谈谈吗？"

"不行，不准他和外界接触。"警察说。

神父没再坚持。他只是问了问犯人目前情况如何。警察回答说，他被安置在警察局最好的房间里，阳光充足，还有自来水。可是，他已经二十四小时没吃东西了。镇长派人从饭店里给他送饭，他就是不肯吃。

"他是怕人家给他下毒。"警察最后说。

"你们应该从他家里给他打饭。"神父说。

"他不愿意别人去打扰他老婆。"

神父嘟嘟哝哝，好像自言自语地说："这件事我去和镇长谈

37

谈。"他打算朝走廊的尽头走去，镇长派人在那里修了一间装有铁甲的办公室。

"他不在，"警察说，"这两天他牙疼，一直待在家里。"

安赫尔神父去拜访镇长。镇长精神委顿地躺在吊床上，床边的椅子上放着一罐盐水、一包止痛片，还有子弹带和手枪。他的腮帮子还在发肿。安赫尔神父把一把椅子挪到床前。

"找人把牙拔了吧！"神父说。

镇长漱完口，把盐水吐到便盆里。"说得容易。"他把头俯在便盆上说。安赫尔神父明白他的意思，低声说道：

"要是您同意的话，我可以去跟那个牙医说一说。"神父深深地吁了一口气，又壮着胆子说："他是个通情达理的人。"

"就像头骡子，"镇长说，"早晚得给他几枪，把他脑袋打成漏勺。到那时候，我们俩就疼得差不离了。"

神父眼瞅着镇长走到水池边上。镇长拧开水龙头，把红肿的脸颊放在凉水底下冲了一阵，觉得舒服多了，然后他嚼了一片止痛片，用手捧起自来水喝了一口。

"说真的，"神父坚持道，"我可以去找牙医说说。"

镇长很不耐烦地挥了挥手。

"随您的便吧，神父。"

镇长仰面躺在吊床上，闭目养神，两手放在后脑勺下，气哼哼地直喘粗气。牙不那么疼了。等他再睁开眼的时候，只见神父坐在吊床旁边默默地注视着他。

"您又要为镇上哪一位说话呀？"镇长问。

"塞萨尔·蒙特罗，"神父开门见山地说，"他需要做忏悔。"

"眼下他不能和外界接触，"镇长说，"等明天预审之后，他可以向您忏悔。礼拜一得把他押送走。"

"要关押四十八小时。"神父说。

"哼，这颗牙折磨我两个礼拜了。"镇长说。

在幽暗的房间里，蚊子开始嗡嗡叫起来。神父朝窗外望了一眼，只见一片绯红的云彩飘浮在小河的上空。

"那吃饭的问题呢？"神父问道。

镇长下了床，把阳台的门关好。"我已经尽到责任了，"镇长说，"他既不愿意别人去打扰他老婆，又不肯吃饭店里做的饭。"说着，他开始在房间里喷洒杀虫药。神父在口袋里摸着手帕，害怕被药水呛得打喷嚏。他没找到手帕，却摸到了一封揉皱的信。"哎呀！"神父喊了一声，连忙用手指把信抻平。镇长停了下来，神父用手捂住鼻子，已经来不及了。他一连打了两个喷嚏。"有喷嚏尽管打吧，神父。"镇长说，接着微微一笑，又加重语气道：

"咱们是讲民主的嘛！"

安赫尔神父也笑了。他拿出封好的那封信，说："我忘了把信交给邮局了。"然后他从衣袖里找到手帕，擦了擦被杀虫药刺激得发痒的鼻子。他还在想着塞萨尔·蒙特罗。

"这样做等于教他挨饿。"神父说。

"那是他自讨苦吃,"镇长说,"我们也不能把饭强塞到他嘴里去。"

"我最担心的还是他的心灵。"神父说。

安赫尔神父用手帕捂住鼻子,两眼瞅着镇长在屋里走来走去地喷药。等镇长喷完,他又说:"他害怕人家给他下毒,这说明他的心灵十分不安。"镇长把喷雾器撂在地上。

"巴斯托尔很讨人喜欢,这一点他很清楚。"镇长说。

"塞萨尔·蒙特罗也讨人喜欢。"神父反驳道。

"可是,被打死的是巴斯托尔啊。"

神父看了看手中的信。这时,天色越发暗淡了。"巴斯托尔都没来得及忏悔。"神父咕咕哝哝地说。镇长把灯打开,躺到吊床上。

"明天我会好一点,"镇长说,"提审后,他可以做忏悔。您看怎么样?"

安赫尔神父表示同意。"我不过是为了让他的心灵得到安宁。"说完,他神态庄重地站起来,劝说镇长别服太多止痛片。镇长一面答应着一面叮嘱神父别忘了寄信。

"还有一件事,"镇长说,"无论如何您得跟那个拔牙的说一说。"他望着正在下楼的神父,又微笑着说:"事情办成了,大家更能相安无事嘛。"

邮电局局长坐在办公室门口，看着暮色愈来愈浓。安赫尔神父把信交给他，他走进邮电局，拿出一张一角五分钱的邮票，这是寄航空信的邮资，还要缴支援建设的附加邮费。局长用舌头把邮票润湿了，又去翻办公桌的抽屉。路灯亮了，神父把几枚硬币往柜台上一丢，没有告辞就走了。

局长还在翻抽屉。翻了一会儿，他自己也不耐烦了，抄起钢笔在信封角上注明：没有五分的邮票。然后，他在下面签上字，盖上邮戳。

当天夜里，做完晚祷，安赫尔神父发现圣水池里漂着一只死老鼠。特莉妮达正在洗礼堂里安放老鼠夹子。神父捏着尾巴把老鼠提溜出来。

"你这么干，别人可要倒霉了。"神父拿着死老鼠在特莉妮达眼前晃了晃，对她说，"有的教徒用瓶子装圣水，带回去给病人喝，难道你不知道？"

"这又怎么了？"特莉妮达问。

"什么怎么了？"神父说，"这还不明白，病人喝下的圣水里有砒霜。"

特莉妮达告诉神父他还没把买砒霜的钱给她呢。"那是石膏！"接着，她一五一十地对神父说，她把石膏撒在教堂的角落里，老鼠吃了石膏，过一会儿渴得要命，于是跑到圣水池里喝水。

石膏遇见水，在胃里就变硬了。

"不管怎么说，你还是拿钱去买砒霜吧，"神父说，"我可不想在圣水池里再看见死老鼠。"

书房里有几位女信徒正在等他，为首的是蕾薇卡·德阿希斯太太。神父把买砒霜的钱交给特莉妮达，说了声"屋里真热"。随后，他站在书桌旁，对面坐着三位太太，一语不发地等着他。

"有话请讲，尊敬的夫人们。"

她们互相望了望。蕾薇卡·德阿希斯太太打开那把日本山水画折扇，直截了当地说：

"就是为了匿名帖的事，神父。"

她像给小孩讲神话故事似的，用委婉的语气讲述了镇上居民的惊恐情绪。她说，巴斯托尔之死固然"完全是个人的事"，但是所有体面人家无不感到必须过问匿名帖的事。

年纪最大的阿达尔希莎·蒙托娅拄着阳伞，把话说得最明白：

"我们这些信仰天主教的妇女们决定干预这件事。"

安赫尔神父琢磨了一小会儿。蕾薇卡·德阿希斯长长地吐了口气。神父暗自心想：这个女人怎么会散发出这样一股热烘烘的香味。你看她，浑身上下珠光宝气，花枝招展，白腻腻的皮肤照得人眼花缭乱，她长得多么丰满啊！神父一会儿看看这儿，一会儿看看那儿。

"依我看，"他说，"对那些乌七八糟的话，我们不必介意。应该站得高一些，像以往一样，还是遵照上帝的意旨办事。"

阿达尔希莎·蒙托娅点点头，表示同意。但是，另外两位太太不同意，她们觉得，"长此以往，这种灾难定将带来不堪设想的后果"。这时候，电影院的高音喇叭一颤一颤地响起来了。安赫尔神父用手拍了拍前额。"对不起。"说着，他从桌子的抽屉里找出教会审查过的电影目录。

"今天放什么电影？"

"《空中大盗》，"蕾薇卡·德阿希斯说，"是一部战争片。"

安赫尔神父按照字母的顺序，用食指点着长长一串经过批准的电影目录往下找，嘴里嘟囔着一个个片名。翻过一页，他停下来说：

"《空中大盗》。"

找到片名后，神父又用食指顺着横向查找对该片的道德评价。这时候，高音喇叭里响起了影院老板的声音（本来应该放唱片的）。老板宣布，由于天气不好，影片暂停放映。屋里的一个女人补充说，观众们提出如果影片放映不到一半因雨停映，他们就要求退票。因此，老板才决定干脆不放了。

"太可惜了，"安赫尔神父说，"这部影片对大家都有教益。"

他合上电影目录，又接着说：

"我过去说过，咱们镇上的人都是遵守教规的。记得十九年前我来接管这个堂区的时候，曾经有十一户有地位的人家公开姘居。

如今只剩下一户了。但愿这一户也维持不了多久。"

"我们这次来，不是为了自己，"蕾薇卡·德阿希斯说，"那些可怜的人们……"

"不必担心，"神父没容她把话说完，又继续说下去，"应该看到咱们镇上的变化。那个时候，来过一个俄国舞女，在斗鸡场专门为男人演出。演到最后，她居然把身上穿的衣服来了个大拍卖。"

阿达尔希莎·蒙托娅打断神父的话：

"是有那么回事。"

是的，她确实记得人们传说的那件丑闻。当时，那个舞女脱得赤条条的。一个老头子在走道上大嚷大叫起来，随后跑到最高一层台阶，冲着观众撒尿。据说，其他观众也纷纷仿效。在一片狂呼乱叫中，你冲着我撒尿，我冲着你撒尿。

"现在，"神父接着说，"事实证明，咱们镇上的人是最听教区的话的。"

神父固执地坚持他的主张。他谈到自己在同人类的弱点和缺陷作斗争时经历的一些困难时刻，直讲得几位虔诚的太太热得再也听不进去了。蕾薇卡·德阿希斯又打开了折扇。这时候，安赫尔神父才发现，原来那股香味是从扇子里冒出来的。在憋闷的房间里，檀香味几乎凝固起来，经久不散。神父连忙从袖子里掏出手帕，捂上鼻子，免得再打喷嚏。

"此外，"神父接着说，"这座教堂在整个教区里是最破旧不堪的，几口钟全都裂了，教堂里到处是老鼠。这还不是因为我把全副精力都用于提倡道德和良好风尚了吗？"

他解开衣领上的扣子。"体力劳动，那是任何一个青年人都能干的。"说着，他站了起来，"而培养道德观念，则需要坚持多年，需要多年的经验。"蕾薇卡·德阿希斯抬起一只仿佛透明的纤手，手上戴着结婚戒指，上面镶有一块碧绿的翡翠。

"正因为如此，"她说，"我们才认为这些匿名帖会使您前功尽弃。"

那个一直沉默不语的女人趁这个空说了一句：

"此外，我们还认为，现在咱们这里正休养生息，眼下这场灾难恐怕不太有利。"

安赫尔神父从柜子里找出一把扇子，不慌不忙地扇了起来。

"这两件事毫不相干。"神父说，"我们经历了一个政治上非常艰难的时刻，但是家庭的道德并没有改变。"

他站在三位妇女面前接着说："再过几年，我要向主教区报告，这里已经是个模范镇了。现在只差派一位年轻有为的人到这里来，兴建本教区最好的教堂。"

他十分疲乏地向大家躬身施了一礼，又高声说道：

"到那时，我就可以告老还乡，心地坦然地告别众生。"

这句话立即引起三位太太的反对。阿达尔希莎·蒙托娅代表大家说：

"这里就是您的家乡，神父，我们希望您一直待到最后一分钟。"

"要是想兴建一座新教堂，"蕾薇卡·德阿希斯说，"我们马上可以开始募捐活动。"

"办事总得按部就班啊。"神父回答说。

过了一会儿，他换了一种口气说："另外，我不想上了年纪还在堂区任职。我可不愿意像安东尼奥·伊萨贝尔神父那样。这位人称'卡斯塔涅达－蒙特罗祭坛圣餐'的神父曾经向主教报告说，在他的堂区里，死鸟像暴雨一样往地上掉。主教派人去调查，看见他正在广场上和孩子们玩'侦探捉贼'哪。"

几位太太听了这番话，有些莫名其妙。

"他是谁呀？"

"就是在马孔多接替我的那位堂区神父，"安赫尔神父说，"他整整一百岁了。"

早在九月底，人们就预料到今年冬天天气一定十分恶劣。到了周末，老天果然大逞淫威。礼拜日，滚滚的河水泛滥开来，在低洼地区横行肆虐。这一天，镇长一直躺在吊床上，嘴里嚼着止痛片。

直到礼拜一清晨，冬雨才小下来。镇上的人花了好几个钟头把一切重整就绪。台球厅和理发馆一大早就开张营业了，可是多数人家直到十一点才打开大门。不少住户把家搬到高地去。乱哄哄的人群把房基柱拔出来，把篱笆墙和棕榈叶苦顶的简陋房屋整个搬走。卡米查埃尔先生是第一个看见这种惊心动魄的场面的。

卡米查埃尔先生打着雨伞，躲在理发馆的房檐底下，观看人们辛辛苦苦地搬家。理发师说了句话才让他惊醒过来。

"还不如等雨停了再搬呢。"理发师说。

"这场雨，两天也停不了，"卡米查埃尔先生说着把伞收起来，

"我脚上的鸡眼有这种预感。"

搬房子的人踏着没到脚踝的泥水,走起路来磕磕绊绊的,直往理发馆的墙上撞。卡米查埃尔先生趴在窗户上往一间拆开的屋子里看了看,整个卧室搬得空空如也。他顿时有一种大难临头的感觉。

看天色,似乎刚到清晨六点。但是,卡米查埃尔先生肚子里咕咕直叫,他知道马上要到十二点了。叙利亚人摩西请他到店里坐一坐,等雨停了再走。卡米查埃尔先生又说了一遍他对天气的预感,四十八小时之内雨是不会停的。他刚要朝隔壁人家的便道上跳过去,却又迟疑了一下站住了。一伙青年人在玩打仗,把一个泥球扔在附近的墙上,离他那条新烫平的裤子只有几米远。叙利亚人埃利亚斯拿着一把扫帚从店里出来,嘴里咕哝着阿拉伯语,夹杂着西班牙语,吓唬那群小伙子。

小伙子们乐得直跳。

"土耳其佬,大浑蛋。"

卡米查埃尔先生看了看自己的衣服,还好没有弄脏。他索性又把伞收起来,走进理发馆,径直坐到椅子上。

"我一向逢人就说,您这个人非常谨慎。"理发师说。

理发师把一条围布系在卡米查埃尔先生的脖子上。卡米查埃尔先生闻到一股薰衣草味,这股味道跟牙医那儿的来苏水味一样,他一闻就觉得呛鼻子。理发师从他的后脖梗开始动手给他剪头发。卡米查埃尔先生有点不耐烦，眼睛到处寻找着，打算找点东西看看。

"有报纸吗？"

理发师手不停歇地回答说：

"全国除了官方报纸以外，什么也没有了。只要我还有口气，这路报纸就别打算进我的店里。"

卡米查埃尔先生只好低下头欣赏自己那双开了绽的皮鞋，看着看着，理发师突然向他打听起蒙铁尔寡妇的情况。卡米查埃尔先生刚从寡妇家里来。过去，他给堂切佩·蒙铁尔当过多年的账房。自从蒙铁尔先生谢世以后，他便负责照管寡妇家的生意。

"还住在那儿。"他说。

"一个自杀了，"理发师仿佛自言自语地说，"地呢，全归了她一个人。那片地，骑着马五天五夜也走不出去。她八成占了十个市的地盘吧。"

"三个。"卡米查埃尔先生说，然后又把握十足地加上一句："她可是世间第一大好人啊。"

理发师转身到梳妆台前刷梳子。卡米查埃尔先生从镜子里看见自己的山羊脸，心里想，凭这副长相人们也不会敬重他。理发师看着他那副尊容，说：

"这笔生意做得可真漂亮——我的党上台执政；警察扬言要杀尽我的政敌；我呢，买下他们的土地和牲畜，价钱还得随我定。"

49

卡米查埃尔先生低下头。理发师接着给他剪头发。"大选一过,"他最后说,"我成了三个市的主人,而且没有竞争对手。即使换了政府,我还是稳占上风。所以说,这笔生意真是再好也没有了,连造假票子也赶不上。"

"早在这些政治变动以前,何塞·蒙铁尔[①]已经是个有钱人了。"卡米查埃尔先生说。

"那时候,他穿着短裤坐在家门口,那间房子还赶不上鸽房大,"理发师说,"九年前,他才第一次穿上鞋子,这可是有凭有据的。"

"即使如此,"卡米查埃尔先生不得不承认这一点,"蒙铁尔的事和寡妇也毫不相干。"

"她那是装糊涂。"理发师说。

卡米查埃尔先生抬起头来,把系在脖子上的围布解开,让血液流通流通。"我平时宁愿叫老婆给我理发,"他没好气地说,"她一不要钱,二不谈政治。"理发师把他的脑袋往前推了推,一声不吭地又干起活来。他不时地把剪子空剪几下,显示他的技术十分娴熟。卡米查埃尔先生听见街上一片嘈杂,朝镜子里望了望,只见搬家的妇女和小孩们抬着家具和用具从理发馆门口走过。他恨恨地说:

"眼下正在闹灾,你们还死抱住政治上的宿怨不放。一年前政

[①] 即切佩·蒙铁尔,切佩(Chepe)是何塞(José)的昵称。

治迫害就停止了，如今你们还在议论这些。"

"把我们这些人丢在一边不管，这也是一种迫害啊！"理发师说。

"现在并没有人用棍子打我们呀。"卡米查埃尔先生说。

"让我们听老天爷的摆布，这也是一种打法。"

卡米查埃尔先生发火了。

"这全是报纸上的谣言。"他说。

理发师不吭气了。他在加拉巴木果壳里弄了点肥皂，用小刷子把肥皂沫抹在卡米查埃尔先生的脖梗上。"我这个人，有话憋不住，"他自我解嘲地说，"再说，像您这样的公道人也不是天天能碰上的。"

"一个人得养活十一个孩子，还能不公道。"卡米查埃尔先生说。

"那是，那是。"理发师说。

他把剃刀在手掌上蹭得刺刺响，默不作声地给卡米查埃尔先生刮了刮脖梗，用手指抹掉肥皂沫，在裤子上揩揩手，最后，拿一块明矾在卡米查埃尔先生的脖子上擦了擦。直到理完发，他没再说一句话。

卡米查埃尔先生系领扣的时候，发现里面墙上贴着一张纸条：莫谈国事。他把肩膀上的碎头发抖落掉，把雨伞挎在胳臂上，指着纸条问道：

"怎么不把它撕下来？"

"那不是为您贴的，"理发师说，"您是位公道人，我们都这么认为。"

这一回，卡米查埃尔先生毫不犹疑地跳上了便道。理发师目送他拐过墙角，又把目光转向那条混浊而汹涌的河流。雨停了。一片浓云一动不动地堆在小镇的上空。快一点钟的时候，叙利亚人摩西走进店来。他抱怨说，脑袋顶上的头发不住地脱落，脖梗上的头发又长得出奇地快。

每到礼拜一，摩西都来理发。平时，他总是耷拉着脑袋，用阿拉伯语打呼噜，理发师则在一边大声地自言自语。可是今天理发师向他提了个问题，把他惊醒了。

"您知道，谁来过？"

"卡米查埃尔。"叙利亚人说。

"就是那个缺了八辈子德的黑人卡米查埃尔，"理发师一字一顿地说，"我恨透这种人了。"

"卡米查埃尔根本不算人。"叙利亚人摩西说，"大概是三年前吧，他连双鞋都买不起。要是谈论起政治，他可精到家了，闭着眼都能算账。"

摩西把下巴抵在胸前，又打起呼噜。理发师交叉着双臂站在摩西面前说："我说你这个土耳其臭狗屎，说说看，你到底和谁站在一边？"叙利亚人不动声色地说：

"和我自己呗。"

"这就不好了,"理发师说,"最起码您不该忘记您那位老乡埃利亚斯的儿子被堂切佩·蒙铁尔打断过四根肋骨。"

"那得怨埃利亚斯倒霉,谁让他儿子参与政治的!"叙利亚人说,"现在,小伙子舒舒服服地在巴西跳舞,切佩·蒙铁尔呢,早完蛋了。"

镇长牙疼得一连折腾了好几个晚上,屋子里弄得乱七八糟。离开家之前,他把右半边脸上的胡子刮了刮,左半边脸已经八天没刮了,也只好如此。然后,他穿上干净的军服和锃亮的漆皮靴子,趁着天不下雨,下楼到饭店去吃午饭。

餐厅里空无一人。镇长穿过几张四方餐桌,来到餐厅尽头,找个最僻静的地方坐下。

"来人哪!"他喊道。

一位年轻姑娘应声走过来。她穿着合身的短装,挺着丰满的胸脯。镇长点了菜,连看都没看她一眼。姑娘走回厨房的时候,顺便打开了放在餐厅尽头托板上的收音机。电台正在播放新闻,引用了头天晚上共和国总统发表的演说,接着宣读了又一批禁止进口的商品名单。播音员的声音渐渐占据了整个餐厅,屋里显得越发热了。姑娘端上汤来的时候,看见镇长正用军帽不停地在扇风。

"我听收音机也爱出汗。"姑娘说。

镇长开始喝汤。他一向认为，这家偏僻的饭店只有过往商人偶尔前来光顾，和镇上其他地方一定有所不同。的确，这家饭店比小镇建得还早。从内地来收购大米的商人，一到晚上便在那个木头搭的破旧不堪的阳台上玩纸牌，等到清晨凉快下来再去睡觉。当年，这家饭店周围几十里没有一个市镇。在最后一次内战期间，奥雷里亚诺·布恩迪亚上校前往马孔多谈判停战协议的途中，曾在这个阳台上睡过一夜。当时就是这所木板墙和锌板屋顶的房子，就是这个餐厅和用纸板墙隔开的住房，只是没有电灯和卫生设备。据一位老顾客说，直到本世纪初，餐厅里还挂着各式各样的假面具，供顾客选用。客人戴上假面具，就公然在大庭广众之下蹲在院子里大小便。

为了把汤喝下去，镇长不得不解开领扣。新闻节目之后，播送了一段广告，词句都是合辙押韵的。接下去是一段动人心弦的音乐。一个热恋着的男人用甜美的嗓音唱道，为了追求一位女士，他要把世界翻过来。镇长一边等着上菜，一边凝神静听。猛然间，他看到饭店对面走过两个小孩，手里拿着两把椅子和一把摇椅，后面跟着两个女人和一个男人，拿着锅、木桶和其他家什。

镇长走到门口，喝道：

"这些东西是从哪儿偷来的？"

两个女人停下脚步。那个男人解释说，他们要把家搬到高处去。镇长问搬到什么地方。那个男人用帽子朝南指了指：

"那边高地上，我们花了三十比索从堂萨瓦斯那儿租了块地。"

镇长审视了一下那些家具，全是穷人家的东西：一把快散架的摇椅，几口破锅。他想了想，最后说：

"把这些东西，还有那些破烂玩意儿都搬到公墓旁边的空地上去。"

男人一下子愣住了。

"那儿是公家的地方，不用你们花一分钱，"镇长说，"镇里把那块地送给你们了。"

随后，他转过脸来对着那两个女人说："你们去告诉堂萨瓦斯，就说是我说的，叫他不要趁火打劫。"

这顿午饭，镇长根本没尝出什么滋味来。他点着一支烟，吸完了又用烟蒂点上另一支，把胳膊肘支在桌子上沉思良久。这时，收音机还在播送伤感的音乐。

"您在琢磨什么？"姑娘边收拾空盘子边问。

镇长连眼皮也没抬一抬。

"我在想着这些可怜的人。"

镇长戴上帽子，穿过餐厅，走到大门口，又转身说：

"得把咱们镇弄得体面点。"

大街拐角处，有几只狗正进行一场血战，挡住了镇长的去路。在一片狂吠声中，他瞥见一块骨头和几只蹄子，又看到几颗尖利的牙齿。一只狗夹着尾巴把一只蹄子拖走了。镇长闪到一旁，顺着便道朝警察局走去。

一个女人正在牢房里大呼小叫。卫兵趴在行军床上睡午觉。镇长朝床腿上踢了一脚，卫兵陡然惊醒过来。

"她是谁？"镇长问。

卫兵打了个立正。

"她是贴匿名帖的。"

镇长破口大骂，质问他的部下是谁把她抓来的，又是谁下令把她关进牢房的。警察们啰啰唆唆地解释了一大通。

"你们什么时候把她抓进来的？"

他们是礼拜六晚上把她关起来的。

"把她放了，你们当中进去一个，"镇长大声吼着，"这个女人在牢房里睡觉，可是镇上人一大早又发现匿名帖了。"

沉重的铁门刚一打开，那个头发用小梳子别成大发髻、颧骨高高的中年妇女便嚷嚷着出了牢房。

"滚你妈的蛋！"镇长对她说。

女人打开发髻，把又长又密的头发抖了几抖，慌里慌张地奔下楼梯，嘴里喊着："婊子养的！婊子养的！"镇长趴在栏杆上声嘶力竭地叫喊道：

"别再拿那些破烂纸跟我捣蛋了！"嗓门之大似乎不仅要让那个女人和警察们听见，还要让全镇人都听见。

56

毛毛雨一个劲儿地下。下午,安赫尔神父还是照常到街上散步。离同镇长约定见面的时间还早,神父信步走到遭受水灾的地方。在那里,他什么也没看见,只看见一只死猫漂浮在野花丛中。

回来的时候,天放晴了。耀眼的太阳炙烤着大地。一条覆盖着油布的驳船顺着凝滞的、纹丝不动的河水朝下游开来。一个小孩从一间倒塌了一半的房子里跑出来,嚷嚷着说他从蚌壳里听到了大海的声音。安赫尔神父把蚌壳放在耳边,果然听到大海的喧嚣声。

阿尔卡迪奥法官的女人坐在自家门前,两手捂着肚子,眼睛盯着驳船,像是出神地欣赏着什么。再往前走过三家,就是商店和摆满杂七杂八的商品的橱窗。门口坐着几个无所事事的叙利亚人。黄昏时,绯红的晚霞出现在天边。隔岸的鹦鹉啼声不断,猿猴阵阵哀啸。

各家各户打开了大门。人们聚集到广场上东拉西扯,有的在沾满灰尘的杏树下面,有的围在冷饮车周围,有的坐在路旁斑斑驳驳的花岗岩长凳上。安赫尔神父心想,每天一到这个时候,镇上就奇迹般地变了个模样。

"神父,您还记得集中营里的俘房吗?"

安赫尔神父虽然没有看见希拉尔多大夫,可是听这话音他能想象得出大夫一定是躲在纱窗后面,脸上露出微笑。至于集中营里俘虏的照片，说实在的，他不记得了，不过肯定是看见过。

"请您到诊室来。"大夫说。

安赫尔神父推开纱门，只见凉席上躺着一个小娃娃，是男是女看不出来。孩子干瘦得只剩下一把骨头，浑身皮肤焦黄。两个男人和一个女人背靠着板墙坐在那里。神父没闻到什么邪味，但是他想，这个病人一定是臭气熏天的。

"这是谁？"神父问。

"我的孩子。"女人回答说。她仿佛自我辩解一样又加上一句："两年前，这孩子便过一次血。"

病人的脑袋没有动弹，只把眼睛转向门口。神父不由得产生了一股强烈的怜悯之心。

"怎么给他治的？"他问。

"这阵子一直给他吃绿芭蕉，"女人说，"这东西挺能止血的，就是他不爱吃。"

"你们应该带他来忏悔。"神父说。

话是这么说，可神父心里也没有什么把握。他小心翼翼地关上门，用手指搔搔纱窗，把脸贴近窗子往里看了看。希拉尔多大夫正在一个研钵里捣什么东西。

"这孩子是什么病？"神父问。

"我还没给他检查呢。"大夫回答说。然后，他边想边说："这就是遵照上帝的意旨降临到人间的灾祸，神父。"

神父没有答理他。

"我这辈子见过的死人多了,还从来没有见过一个像这可怜的孩子那样面无人色。"大夫说。

神父告辞出来。码头上没有一条船。天色渐渐昏暗下来。安赫尔神父心中明白,看见那个病孩子以后,他的心境大变。他蓦然想起约会的时间已过,便连忙加快脚步朝警察局走去。

镇长坐在一把折叠椅里,两手撑住头。

"您好。"神父慢吞吞地说。

镇长抬起头来。神父看见他那双红色的眼睛里充满绝望的神情,不禁颤抖了一下。镇长半边脸刚刚刮过,光溜溜的;另外那半边抹着泥灰色的药膏,简直像是泥泞的乱草堆。他嗓音嘶哑地哎哟了一声。

"神父,我得自己给自己一枪了。"

安赫尔神父听了大吃一惊。

"吃那么多止痛片,您一定是中毒了。"他说。

镇长用脚一下一下地猛踢着墙壁,两手揪住头发,狠狠地把脑袋往木板上撞。神父从未见过一个人竟会疼成这样。

"那就再吃两片药吧,"他真心实意地把自己头晕时常服的药告诉了镇长,"再吃两片,死不了人。"

这话倒是不假。神父心里明白,面对人类的痛苦,他总是束手无策。他用眼睛在空荡荡的房间里搜寻着止痛片。屋里靠墙放着六张小皮凳,还有一个玻璃橱,里面塞满尘封灰盖的纸张。共和国总统的画像挂在一枚钉子上。地上到处都是空玻璃纸包,这是止痛片留下的唯一痕迹。

"药在哪儿?"神父十分焦急地问。

"对我一点也不管用。"镇长说。

神父走到镇长身边,又问:"告诉我,药在什么地方?"镇长猛一挺身,安赫尔神父只见在自己眼前几厘米的地方有一张庞大而狰狞的面孔。

"他妈的,"镇长喊道,"我说过了,别再缠着我。"

他把一张小凳举过头顶,使尽浑身力气朝玻璃橱砸过去。安赫尔神父一时不知道出了什么事。等他看到玻璃被砸得四处飞溅,这才明白过来。这时,镇长在一团尘雾中慢慢安静了。屋里一片死寂。

"中尉。"神父喃喃地说。

几个荷枪实弹的警察出现在走廊门口。镇长熟视无睹地扫了他们一眼,像只猫似的呼呼喘着气。警察们把枪放下,一动不动地站在门口。安赫尔神父扶着镇长的胳臂,把他搀到折叠椅上。

"止痛片在哪儿?"神父固执地问。

镇长合上眼睛,脑袋往后一仰。"我再也不吃那些鬼玩意儿了,"他说,"吃得我耳朵嗡嗡直响,脑门子都木了。"这时,疼劲儿过去了,他扭过头来问神父:

"您跟牙医说了吗？"

神父默默地点了点头。镇长从神父的表情上已经猜出谈话的结果。

"您干吗不跟希拉尔多大夫说说？"神父建议道，"有的大夫也会拔牙。"

镇长迟疑了一下，回答说："他会说没有钳子。"说罢，又添上一句：

"都在跟我作对。"

趁着这阵子牙不疼，镇长闭上眼睛休息了一会儿。整个一下午可把他折腾得够呛。他再睁开眼的时候，屋里已经黑了。镇长低垂着眼睑没有看神父，嘴里说：

"您是为塞萨尔·蒙特罗来的吧。"

神父没有答话。"我疼成这样，什么也干不了。"说着，镇长站起身来，打开灯。一群蚊虫从阳台一拥而入。时间过得这么快，安赫尔神父不禁吃了一惊。

"时间都过去了。"他说。

"不管怎么样，礼拜三得把他押走，"镇长说，"明天把该办的事办完，下午让他忏悔。"

"几点钟？"

"四点。"

"下雨也照常进行？"

镇长横了神父一眼，这一眼把两个礼拜以来牙疼积下的烦躁全都发泄出来了。

"天塌下来也照办不误，神父。"

镇长牙疼得很厉害，吃止痛片也不行。他把吊床挂在房间的阳台上，本想趁晚上凉快好好睡一觉。可还不到八点，他又疼得撑不住了。他下了楼，来到广场。广场上，一股股热浪憋得人昏昏欲睡。

他在广场周围转了转，没有遇见什么意外的事。牙依然疼得要命。他走进电影院。这下子可糟了。战斗机的嗡嗡声震得他格外疼痛，看了不到一半，他就离开电影院，来到药铺。这会儿工夫，堂拉洛·莫斯科特正要关门。

"有什么治牙疼的药给我来点，劲儿越大越好。"

药铺掌柜用惊讶的目光瞧了瞧他的面颊，然后穿过两排摆满药瓶（每个瓷瓶上都用蓝色字母标着药名）的玻璃柜，走到药房里面。镇长看着他的背影，心想这个后脖梗粗壮又红润的家伙准在幸灾乐祸。镇长很了解他。药铺后面是两间住房。他老婆——一个肥胖的女人——已经瘫痪多年了。

堂拉洛·莫斯科特拿着一个没有标签的瓷瓶回到柜台前，他打开药瓶，里面冒出一股甘甜的草味。

"这是什么？"

药铺掌柜把手指头伸进药瓶里去，摸着瓶里的干菜籽。"这叫独行菜，"他说，"您好好嚼一嚼，一点一点把汁嘬出来。治淤血红肿那是再好不过了。"他把几粒菜籽倒在手掌心，从眼镜上边望着镇长，说：

"把嘴张开。"

镇长往旁边躲了躲。他把药瓶转了一下，发现上面什么字也没写，又用眼睛盯住药铺掌柜。

"随便给点西药吧。"他说。

"什么西药也赶不上这个，"堂拉洛·莫斯科特说，"这药可管用了，这个土方子在老百姓当中流传三千年了。"

他找了张报纸，裁下一小片，把独行菜籽包好，动作很认真，态度很亲切、很和蔼，好像舅父给外甥叠纸鸟一样。包好纸包，他笑吟吟地抬起头来。

"您怎么不拿走啊？"

镇长没有搭腔。他拿出一张钞票，没等找钱就离开了药铺。

半夜过后，镇长还在吊床上辗转反侧，不敢嚼菜籽。约莫十一点钟光景，天气正热得出奇，突然下了一阵倾盆大雨，继而转成毛毛细雨。镇长浑身发烧，四肢无力。身上出的汗冷冰冰、黏糊糊的，还一个劲儿地发抖。他趴在吊床上，张着嘴，默默地做祈祷。越祈祷，肌肉越紧张，最后竟然抽起筋来。镇长心里明白，虽然他很想靠近上帝，可是牙疼拉得他离上帝越来越远。他索性蹬上靴子，在睡衣外面罩上雨衣，径直朝警察局走去。

镇长大喊大叫地闯进警察局。警察们似睡非睡地正在做噩梦，听见喊声，你挤我撞地跑到走廊上，摸着黑找武器。灯亮了，他们衣冠不整地等着镇长下命令。

"冈萨莱斯、罗维拉、佩拉尔塔。"镇长喊道。

被点到名字的三名警察走出队伍，来到中尉身旁。他们都是普普通通的混血种人，看不出镇长究竟为什么要点他们三个。三人当中，第一个满脸稚气，剃着光头，身穿一件法兰绒上衣。另外两个穿着军服，没有系扣，也露出里面穿的法兰绒上衣。

他们三个不知道要去执行什么任务，只是跟在镇长后面，三步并作两步地跳下楼梯，排成一队离开警察局。他们冒着蒙蒙细雨穿过大街，在镶牙铺门前停下来。警察用枪托猛砸两下，把大门砸破了。等到前厅灯亮，他们已经进到铺子里。一个身材矮小的秃头男人从后面门里走出来。他只穿了一条短裤，露出浑身的腱子肉，张着嘴，举起一只胳臂，正要穿浴衣。出来的一刹那，他愣住了，仿佛看到摄影师的闪光灯唰地一亮似的。紧接着，他朝后一闪，正好撞在穿着睡衣从卧室出来的妻子身上。

"站住！"中尉一声断喝。

那个女人哎呀了一声，用手捂住嘴，转身跑回卧室。牙医用手系着浴衣的带子，走到前厅。这时，他才认出那三个把枪对准他的警察和镇长。镇长的身上直往下滴水，两手插在雨衣兜里，静静地站在那儿。

"你老婆要是胆敢离开屋子,我就下令开枪。"中尉说。

牙医抓住屋门的把手,冲里面说:"喂,听见了吗?我说。"他轻手轻脚地关上卧室门,然后朝镶牙室走去,乌黑的枪口透过褪色的藤制家具一直瞄准着他。两名警察先牙医一步来到镶牙室门口。一个警察拧亮电灯,另一个径直走到手术台前,从抽屉里拿出一支手枪。

"应该还有一支。"镇长说。

他跟在牙医后面,最后一个走进镶牙室。两名警察迅速认真地在搜查,另一名守在门口。他们倒翻了手术台上的工具箱,把石膏模、没做完的假牙、零散的牙齿、金牙套撒得满地都是,又把玻璃柜里的瓷瓶全部倒空,用刺刀嘁里喀喳挑破了牙科专用椅上的橡胶枕头和转椅上的弹簧座位。

"是支三八式的大枪,长筒的。"镇长进一步说。

他上下打量了一下牙医。"你最好还是痛痛快快地说出来,枪放在哪儿了,"他说,"我们可不是来抄家的。"从牙医那双躲在金丝架眼镜后面的细长而无神的眼睛里,什么也看不出来。

"我反正不着急,"牙医平心静气地回答说,"只要你们各位高兴,尽管继续翻腾。"

镇长思索了一下。他再次查看了这间用粗糙的木板搭起的房子,然后朝牙科专用椅走过去,同时三言两语地向手下人吩咐了

65

一番。一名警察守着通到街上的大门，另一名守在镶牙室门口，第三名把守窗户。镇长在椅子上坐好，把湿淋淋的雨衣扣上扣子，只觉得周围都是冷冰冰的利刃在卫护着他。他深深地吸了口气，屋里空气稀薄，充满木馏油味。镇长把头靠在枕垫上，尽量把呼吸放匀。牙医从地上拣起几件工具，放到锅里煮沸。

牙医背对着镇长，两眼欣赏着酒精灯的蓝色火焰。那股稳当劲儿，就像屋里只有他一个人似的。水开了以后，他用一张纸垫着锅把，把锅端到椅子边上。一个警察挡住了他的去路。牙医把锅放下，从水蒸气上面看了看镇长，说：

"你叫这个刽子手站到不碍事的地方去。"

镇长一摆手，那个警察离开了窗口，让牙医朝椅子走过去。那警察把一把椅子挪到墙根，叉开两腿坐了下来，枪放在大腿上，还在紧张地监视着。牙医拧亮灯。被强烈的灯光乍一照，镇长觉得眼花缭乱，连忙闭上眼睛，把嘴张开。牙已经不疼了。

牙医找到病牙，用食指扒开发肿的腮帮子，另一只手转动着活动灯。眼瞅着病人急剧地喘气，他连理都不理。牙医看了一会儿，把袖子卷到胳膊肘，准备动手拔牙。

镇长一把抓住了他的腕子。

"麻药呢？"镇长说。

他们俩的目光第一次相遇了。

"你们杀人，历来不用麻药。"牙医轻轻地说。

镇长在那只握着拔牙钳的手上没有感觉到丝毫挣脱的意思。"把安瓿拿过来。"他说。站在屋角的那个警察用枪口对准了他们。镇长和牙医都听见拉枪栓的声音。

"告诉您，没有麻药。"牙医说。

镇长松开了牙医的手腕。"应该有啊。"他一面反驳着，一面无可奈何地看了看散落在地上的东西。牙医用同情的眼光看着镇长，然后把镇长的脑袋推到枕垫上，第一次露出不耐烦的神色。他说：

"别怕，中尉。肿成这个样子，上麻药也不管用。"

镇长度过了一生中最可怕的时刻。之后，他全身肌肉松弛下来，筋疲力尽地瘫软在椅子上。潮气在天花板上留下的乌黑的水印深深地印入他的脑海，一辈子也忘不掉。他听到牙医在洗手池洗手，把手术台上的抽屉放回原处，默不作声地捡起丢在地上的一些物件。

"罗维拉，"镇长叫道，"你叫冈萨莱斯进来，把地上的东西收拾好，放回原来的地方。"

警察开始收拾东西。牙医用镊子夹起一块棉花，在一种铁青色的药水里蘸了蘸，放在拔掉牙的牙床上。镇长感到表皮上一阵灼热。牙医把他的嘴合上。镇长两眼望着天花板，竖起耳朵听着警察收拾东西的窸窣声。警察就记忆所及整理着手术室里一件件小物什。钟楼里的钟敲了两下。一分钟后，一只石鸻鸟在细雨的

67

淅沥声中发出报时的鸣叫。又过了一会儿,镇长知道快完事了,用手指了指,吩咐警察回局里去。

这工夫,牙医一直站在椅子旁边。等到警察出去之后,他把镇长牙床上的棉花取下来,用灯往嘴里照了照,又把镇长的下巴合上,把灯推到一边去。整个手术到此结束。这时候,闷热的屋里笼罩着一片少有的空旷的气氛。只有剧院的清洁工在最后一名演员离开时,才会有这种空落落的感觉。

"倒霉鬼!"镇长说。

牙医两手插进浴衣口袋里,向后退了一步,让镇长走过去。"我接到上边的命令,要查抄你的住所,"镇长接着说,眼睛避开灯光,盯住牙医,"上面指示说,要在你这儿找到军火武器,还有搞全国性阴谋活动的详细文件。"他用两只还有点潮湿的眼睛看着牙医,又说:"我本来想积点德,把命令抛在一边,可是我错了。眼下情况变了,反对派有了保障,大家全都相安无事。唯独你的思想还像个阴谋家一样。"牙医用袖子擦干净椅垫,把没破的那一面换到上边来放好。

"你这种态度于本镇大为不利。"镇长继续说,用手指着椅垫,根本没有注意到牙医正用沉思的眼光望着他的面颊。"好吧,一切费用由镇政府来付,包括修理临街的大门。要不是因为你这么顽固不化,本来用不着花这笔钱的。"

"您用葫芦巴水漱漱口吧。"牙医说。

阿尔卡迪奥法官拿起邮电局的字典查找了一会儿，他自己那本字典缺了几个字母。在 Pasquino 条下，字典上注着：罗马一个鞋匠的名字，以讽刺挖苦世人而著称于世。还有其他一些无关紧要的细节。法官心里想，按照对这个历史人物的注释，往人家大门上张贴辱骂人的匿名帖，恐怕可以称作 Marforio 罪①。虽然事情搞得不清不楚，他却并不感到怅然。相反，在翻查字典的两分钟内，他多年来第一次体验到尽职的心情是多么坦然。

报务员看见阿尔卡迪奥法官把字典放回书架上，插在早已被人丢在脑后的邮政电报条例和规定的汇编当中，便停下手中正在传送的一封措辞严厉的电文，走到法官身边，一边洗牌，一边邀他再玩一次时髦的游戏：猜三张。阿尔卡迪奥法官没有理他，

---

① "匿名帖"在西班牙语里是 Pasquin，该词来自 Pasquino。罗马人把一尊雕像称为 Pasquino，常在雕像底座上张贴哑谜，而在另一尊称为 Marforio 的雕像底座上贴出谜底。

只是抱歉地说:"我正忙着哪。"说完,法官走到热气蒸人的大街上。他模模糊糊地觉得还不到十一点钟,心想这个礼拜二还有不少时间可以利用。

镇长正在办公室里等着法官,要同他商量一个道义方面的问题:在最近那次大选当中,警察没收并撕毁了反对党成员的选民证。如今没有办法识别镇上多数居民的身份。

"那些正在搬家的人,"镇长最后摊开两臂说,"连叫什么名字都不知道。"

阿尔卡迪奥法官看得出来,镇长这双臂一张是想表示他心里不好受。其实,镇长的问题非常简单,只要申请任命一位公民身份登记处处长就行了。秘书提出了一个更省事的办法。

"用不着任命,请他来就是了,"秘书说,"一年前不是任命过了吗?"

镇长想起来了,是有这么回事。几个月前,有人通知他委派了一位公民身份登记处处长。当时,他打过一个长途电话,询问应该怎样接待这位官员。上面回答说:"给他几枪算了。"如今命令又变了。镇长两手插在衣兜里,回过头来对秘书说:

"你来起草一封信吧。"

噼里啪啦的打字机声给办公室增添了一派忙碌的气氛。受到这种气氛的感染,阿尔卡迪奥法官觉得应该找点事干,可一时又想不出干什么。他从衬衣口袋里掏出一支香烟,在手掌里搓了搓,点燃起来。随后,他把椅背朝后一仰,仰到最大限度。坐定以后,他猛然想出一个绝妙的主意。

开口之前,他把词句斟酌了一下,说:

"我要是您的话,就再委任一位检察官。"

没料到,镇长没有立即回答。镇长看了看表,没看清是几点钟,反正离午饭时间还早。"不知道委任检察官需要什么手续。"他冷淡地说。

"过去检察官要由镇议会任命。"阿尔卡迪奥法官解释道,"眼下是戒严时期,没有议会,您本人有权任命检察官。"

镇长一边听着,一边在信上签了字,连看也没看,接着发表了一些看法,表示很有兴趣。但是,秘书对他的上司建议的任命手续,从伦理学角度提出了一些意见。阿尔卡迪奥法官仍然坚持说,这是紧急情况下的应急办法。

"说得有理。"镇长说。

镇长摘下军帽,当扇子扇着。阿尔卡迪奥法官看见他前额上留下一道帽子印。从镇长扇风的架势来看,他还在琢磨这件事。法官用小指上细长弯曲的指甲掸掉烟灰,又等了一会儿。

"有合适的人选吗?"镇长问。

显然,他这话是对秘书说的。

"人选嘛……"法官闭着眼睛重复道。

"我要是您,就委派一个正直的人。"秘书说。

法官听出了秘书话里有话。"那当然，那当然。"说着，他一会儿看看镇长，一会儿又看看秘书。

"你有没有人选？"镇长问。

"我还没想出来。"法官沉思着说。

镇长站起来，朝门口走去。"你再想想，"他说，"等水灾过去，咱们再来解决检察官的问题。"秘书俯身在打字机上，听到镇长的脚步声走远才直起腰来。

"简直是个疯子，"秘书说，"一年半以前，他们用枪托把检察官的脑袋打了个稀巴烂。现在又到处找人，送人官做。"

法官一挺身站了起来。

"我得走啦，"他说，"你这些话，听了让人直起鸡皮疙瘩。可别倒了我的胃口。"

法官离开了办公室。秘书是个迷信的人，他觉得今天中午有点不吉利。就连上锁他也觉得像是干一件什么犯忌的事。锁好门，他连忙逃出来。在邮电局门口，秘书赶上了阿尔卡迪奥法官。法官很想弄清楚，"猜三张"的窍门是不是可以用在打扑克牌上。报务员不肯把秘密说出来。磨到最后，他只同意反复不断地玩几次，看阿尔卡迪奥法官自己能不能瞧出点名堂。秘书也在一旁观看，终于看明白了。最后那三张牌，阿尔卡迪奥法官连看也不看。他知道，随便怎么挑老是那三张，报务员用不着看就还给他，一猜就中。

"跟变戏法一样。"报务员说。

这时，阿尔卡迪奥法官一心只想着怎样才能穿过灼热的大街。最后，他打定主意走过去，一伸手抓住了秘书的胳臂，拉着他一起走。大街上热得像是浸在熔化的玻璃里一样。他们快步躲进人行道的阴凉地里。这时候，秘书把"猜三张"的把戏说给他听。其实非常简单，简单得让阿尔卡迪奥法官都觉得脸上挂不住了。

他们默默地走了一段路。

"干脆说吧，"法官突然愤愤道，"你没去调查那些材料。"

秘书迟疑了一阵，心里在琢磨这句话是什么意思。

"难啊，太难了，"秘书最后说，"大部分匿名帖在天亮以前就被揭掉了。"

"这又是一出猜不透的鬼把戏，"阿尔卡迪奥法官说，"我可犯不上为一张没人看过的匿名帖连觉都睡不着。"

"就是，"秘书说着停下脚步，他已经到家了，"让人睡不着觉的倒不是匿名帖，而是担心不知道什么时候被人贴一张。"

秘书搜集的材料很不齐全，可是阿尔卡迪奥法官还是想看一看。法官记下了案发日期和相关人员的姓名。七天之内案发十一起。十一个人之间毫无关系。看到匿名帖的人都说，帖子是用油漆刷子写的，蓝墨水，印刷体，大小写用得很乱，似乎是小孩子的笔迹，字母乱七八糟，好像故意写错的。匿名帖里没有什么新鲜玩意儿，讲的都是早已众所周知的事情。法官正在做种种揣测，

73

这时叙利亚人摩西从店里喊道：

"您有一个比索吗？"

阿尔卡迪奥法官不明白他是什么意思，翻了翻口袋，只有两毛五分钱，还有一枚美国硬币，那是他从大学起带在身边当护身符用的。叙利亚人拿走了那两毛五分钱。

"您想要什么就拿什么，等有了钱再付给我。"说着，他把几枚硬币叮叮当当地扔进空的收银抽屉里，"快十二点了，我得赶快做祈祷去。"

时钟敲打十二下的时候，阿尔卡迪奥法官抱着送给他女人的许多礼物回到家里。他坐在床上换鞋，他的女人拿起一块印花绸裹在身上，幻想着生完孩子以后穿上新衣服该是什么样子。她吻了一下她男人的鼻子。法官本想躲开，不料她突然向床上扑来，伏在他身上。两个人谁也没动。阿尔卡迪奥法官搂住他女人的后背，感到她鼓鼓的大肚子热乎乎的，自己的后腰也一个劲儿地跳动。

她抬起头，咬着牙，喃喃地说：

"等一下，我把门关上。"

镇长一直等到最后一家安置完毕。人们花了二十个小时修好一条宽敞光洁的新马路，马路尽头是公墓的墙壁。镇长肩并肩地和居民一起干活，帮他们安放好家具。最后，他气喘吁吁地来到附近一家的厨房里。在地上临时砌起的炉子上，一锅汤哗哗地开着。镇长揭开砂锅盖，闻了闻锅里冒出的热气。炉灶旁边站着一个干瘦的女人，瞪着两只安详的大眼睛，一言不发地看着镇长。

"做午饭哪。"镇长说。

那个女人没有回答。镇长未经邀请，自己盛了一碗汤。女主人回到屋里，端出一个座位，放在桌子跟前，让镇长坐下。镇长边喝汤边用钦佩又惊讶的目光观察着这家的院子。昨天这里还是一块光秃秃的空地，今天已经晾上衣服了，还有两头猪在泥水里滚来滚去。

"你们还可以种上点东西。"镇长说。

女主人头也不抬地说："种什么，猪都会糟蹋光的。"接着，她用盘子盛了一块煮得半熟的肉、两块木薯、半根青香蕉，端到桌子上来。尽管拿出这么多东西，她还是尽量装出不心疼的样子。镇长笑容可掬地看着女主人的眼睛。

"嚯，够大伙儿饱餐一顿的了。"他说。

"愿上帝保佑，你吃的东西都堵在心里。"女主人说，连看也没看他一眼。

对女主人这番诅咒，镇长根本没往心里去。他只顾全神贯注地吃他的饭，汗水顺着脖子往下淌，也顾不上擦一擦。吃完以后，女主人收起空盘子，还是没有看他。

"你们这种态度得要坚持到什么时候啊？"镇长问。

女主人态度和蔼地说：

"等到被你们杀害的亲人复活过来的时候。"

"现在情况不同了，"镇长解释说，"新政府很关心公民的福利，而你们还……"

女主人打断他的话头说：

"换汤不换药……"

"像这么个居民区，二十四小时就建好了，这种事过去可从来没见过。"镇长固执地说，"我们是在设法把这个镇搞得体面些。"

女主人把洗干净的衣服从铁丝上取下来，拿到屋里去。镇长一直用眼睛瞄着她，只听她回答说：

"你们来以前，我们这个镇本来够体面的了。"

镇长没再等着上咖啡就站起身来。"你们可真不知好歹，"他说，"我们把地白白送给你们，你们还一肚子牢骚。"女主人没有回答。镇长穿过厨房，朝大街走去的时候，她俯身在炉灶上，嘟嘟囔囔地说：

"搬到这儿来更糟糕。死人就埋在后边公墓里，我们更忘不了你们造的孽。"

小船来到镇上的时候，镇长正打算睡午觉。天气太热，睡也睡不着。面颊已经开始消肿，但他还是觉得不舒服。一连两个小时，他侧耳细听着河水悄悄的流动声。屋里有只知了一直叫个不停。镇长头脑里空空的，什么也想不出来。

一听到小船的马达声,他连忙脱下衣服,用毛巾擦了擦汗,换上军装,然后走过去抓知了。他用大拇指和食指捏住知了,走到大街上。从等船的人群中走出一个穿着干净整齐的小孩,手里拿着一支塑料机关枪,挡住了镇长的去路。镇长顺手把知了送给了这个孩子。

镇长在叙利亚人摩西开的店里坐了一会儿,看着小船靠了岸。港口里闹腾了足有十分钟。镇长觉得胃里沉甸甸的,头还有点疼。他突然想起了那个女主人诅咒他的话。过了一会儿,他才平静下来,瞧着旅客们纷纷走下木头跳板。一连八个小时他们一动不动地坐在小船上,这会儿都伸胳臂动腿地活动起来。

"还是老一套。"镇长说。

叙利亚人摩西告诉镇长一个消息:镇上来了个马戏团。镇长觉得这个消息是可靠的,虽然说不出为什么。兴许是因为他看见小船顶上放着一堆木棍子和五彩斑斓的布条吧。另外还有两个女人,穿着一模一样的花衣服,像是一个模子里抠出来的。

"总算来了个马戏团。"镇长嘟嘟哝哝地说。

叙利亚人摩西说马戏团里有驯兽,还有玩杂耍的。镇长对马戏团另有一番想法。他伸直两腿,眼睛瞧着皮靴尖。

"咱们镇真是日新月异啊。"他说。

叙利亚人摩西停下手中的扇子,问道:"您知道,我今天卖了多少钱?"镇长没敢瞎猜,等着摩西自己来回答。

"两毛五。"叙利亚人说。

这时,镇长看到邮递员打开邮包,把信件交给希拉尔多大夫。他叫了一声邮递员。官方邮件装在另一个邮包里。镇长撕开封印一看,全是关于日常工作的通知和政府印的传单。等他看完了,码头已经变了样子,堆满了成包成包的货物、成筐成筐的母鸡以及马戏团的道具。已经是下午了。镇长舒了口气,站起身来。

"两毛五。"

"两毛五。"叙利亚人有气无力地、一字一顿地重复说。

希拉尔多大夫瞪着两眼看着船上卸货,直到货物全部卸完。他指着一位体态矫健的女人,叫镇长注意看看。她长得真像一位圣女,两只胳臂上戴着几副手镯,躲在一把彩色的阳伞下面,似乎在等着救世主降临。镇长没有多想这位新来的女客是什么人。

"准是个驯兽女郎。"他说。

"您这话还真有点道理,"希拉尔多大夫咬住他那两排像尖利的石头一样的牙齿,一字一顿地说,"她是塞萨尔·蒙特罗的丈母娘。"

镇长扭头走开了。他看看表,差二十五分四点。走到警察局门口,卫兵告诉他安赫尔神父等了他半个小时,还说四点钟再来。

镇长又走到街上,一时不知道干什么好。他看见牙医伫立在镶牙铺的窗口,于是走过来,问他借个火。牙医把火儿递给镇长,看了看他那还发肿的面颊。

"已经好了。"镇长说。

他把嘴张开，牙医瞅了瞅说：

"有几颗牙还得镶套。"

镇长扶正了别在腰间的手枪，斩钉截铁地说："我会到这儿来的。"牙医面不改色地说：

"什么时候想来，就尽管来。我就盼着您把命丢在我家里，能不能如愿以偿，咱们走着瞧吧。"

镇长拍拍牙医的肩膀，快活地说："你的愿望实现不了。"然后张开两臂说：

"我的牙可不介入党派之争啊。"

"你不打算结婚？"

阿尔卡迪奥法官的女人叉开两条腿。"我压根儿没想过，神父，"她说，"眼下更不用想了，我快要给他生儿子了。"安赫尔神父转过脸往河上看了看。一条淹死的大母牛从上游漂下来，牛身上落着几只兀鹰。

"这么一来，孩子不成了私生子了吗？"神父说。

"那倒无所谓，"女人说，"阿尔卡迪奥待我很好。要是我逼着他跟我结婚，以后他就会感到受拘束，会跟我闹别扭。"

她脱掉了木屐，说话的时候，两膝左右分开，脚趾踩在小凳的横档上。怀里抱着把扇子，两只胳臂搁住隆起的肚子。她看到安赫尔神父没有吱声,又重复说:"压根儿没想过,神父。堂萨瓦斯花了二百比索把我买下来,在我身上榨了三个月的油,然后把我扔到大街上,连根别针也不给。要不是阿尔卡迪奥收留我,我早就饿死了。"说着,她第一次看了看神父。

"也许早就沦为娼妓了。"

六个月来,安赫尔神父一直坚持要她结婚。

"你应该逼着他同你结婚,组织起家庭,"他说,"照目前这样混下去,不光你自己的地位得不到保障,还会给镇上开个不好的先例。"

"正大光明的,怕什么,"她说,"别人还不是一样,只不过他们是关了灯干的。您没看过匿名帖吗?"

"那都是胡说八道,"神父说,"你可要规规矩矩地过日子,不要惹得人背后议论。"

"我?"她说,"我可不怕什么背后议论。我的所作所为全是公开的。您看,没有人浪费时间给我贴匿名帖,这就是证明。相反,所有住在广场周围的体面人,没有一个不上匿名帖的。"

"你真蠢,"神父说,"不过,上帝让你交好运,找到个疼你的人。为了这个,你也应该结婚,建立一个正式的家庭。"

"这些事我不懂,"她说,"不管怎么说,照我现在这个样子也挺好,总算有个地方住,也不愁饭吃。"

"假如他把你遗弃了呢?"

她咬咬嘴唇，神秘地笑了笑，回答说：

"他不会遗弃我的，神父，我心里有数。"

安赫尔神父还是不以为然。他劝这个女人至少要去望弥撒。她回答说，最近几天一定去。神父继续朝前溜达着，等着和镇长约会的时间到来。一个叙利亚人对他说："今天天气真好。"神父没有听见，他正兴致勃勃地观看马戏团的活动。下午阳光明媚，马戏团的人往岸上搬运那几只焦躁不安的驯兽。神父在那儿一直待到四点钟。

镇长看见安赫尔神父朝他走来，就和牙医告别了。"真准时！"说着，他和神父握了握手，"都挺准时的，天倒也没下雨。"神父鼓了把劲儿，爬上了警察局直上直下的楼梯，顺口回了镇长一句：

"天也没塌下来。"

过了两分钟，神父被带进关押塞萨尔·蒙特罗的牢房。

里面在做忏悔的时候，镇长就坐在走廊上，回忆着马戏团的表演。一个女演员用牙齿咬住一根带子，把身体悬在五米高的空中，一个男演员穿着绣金线的天蓝色衣服，不停地敲着小鼓。半个小时后，安赫尔神父从塞萨尔·蒙特罗的牢房里走出来。

"忏悔完了？"镇长问。

安赫尔神父愤愤地看了他一眼。

"你们在犯罪，"他说，"这个人五天没吃饭了。亏了他身子骨结实，才没死。"

"那是他自己乐意。"镇长若无其事地说。

"不对，"神父镇定而有力地说，"是您下令不给他饭吃的。"

镇长用食指指着神父说：

"当心点，神父。忏悔可要保密，您别违反了这一条。"

"这不是他在忏悔里说的。"神父说。

镇长一挺身站起来。"您别为这事发火，"他换了副笑脸说，"既然您这么关心他，现在就来补救一下。"镇长叫来一名警察，命令他到饭店去给塞萨尔·蒙特罗打饭。"给他弄一整只肥鸡，一盘土豆，一大盘凉菜。"他回过来又对神父说：

"这顿饭由镇政府出钱，神父。您看见了吧。情况有了多大的变化。"

安赫尔神父低下了头。

"什么时候打发他走？"

"小船明天走，"镇长说，"只要他今天晚上能够明白过来，明天就可以走。我只想教他明白一件事，我是为他好。"

"您这份好心未免要价太高了吧。"神父说。

"对有钱的人，还能白帮忙？"镇长说，两眼紧紧盯着安赫尔神父那双清澈的蓝眼睛。过了一会儿，他又接着说："我希望您能帮助他弄清这些道理。"

安赫尔神父没有搭腔。他走下楼梯，从楼梯平台上哑着嗓子向镇长告别。这时，镇长穿过走廊，没敲门就进了关押塞萨尔·蒙特罗的牢房。

牢房很简陋，只有一个脸盆和一张铁床。塞萨尔·蒙特罗躺在床上，蓬头垢面，身上穿的还是上礼拜二离开家时穿的那身衣服。听到镇长进来，他没有动弹，连眼皮也没抬。"你跟上帝已经结完账了，"镇长说，"现在该跟我结结账了。"他把藤椅挪到床边，两腿骑着椅子坐下去，前胸靠在椅背上。塞萨尔·蒙特罗聚精会神地望着屋顶的大梁。他嘴唇翕动着，仿佛自言自语地说了好半天了。看起来，他一点也不焦急。"你我之间就不必兜圈子了，"塞萨尔·蒙特罗听见镇长这么说，"明天你要走了。碰巧你走运，过两三个月会来一位专案调查员。我们的责任是向他汇报情况。再过一个礼拜，他乘船回去，一定也会认为你干了一件蠢事。"

镇长说到这儿停顿了一下。塞萨尔·蒙特罗依然是那样无动于衷。

"事过之后，你至少要付给法院和律师两万比索。假如专案调查员告诉他们你是百万富翁的话，兴许你付的还要多。"

塞萨尔·蒙特罗把头转过来冲着镇长。尽管他的动作很小，床上的弹簧还是嘎嘎直响。

"不管怎么样，"镇长用关切的语气说，"顺利的话，公文转来转去，起码得两年。"

镇长觉察出塞萨尔·蒙特罗在自下而上地打量着他。当塞萨尔·蒙特罗把目光落在镇长的眼睛上时,他还没有把话说完,不过口气变了。

"你的一切全都捏在我的手里,"他说,"上边有命令,叫我们结果了你,叫我们设个埋伏杀死你,把你的牲口全部没收。政府要拿这笔钱支付全州大选的庞大开支。你也知道,别处的镇长可都照办了,只有我们这儿没照命令办事。"

这时候,他开始注意到塞萨尔·蒙特罗在思索什么。他叉开两腿,把胳臂支在椅背上,心想,虽然塞萨尔·蒙特罗没有说出来,但心里一定在骂他。于是,他说:

"你花的那些救命钱,连一个子儿也落不到我手里,所有的钱都将花在选举上。眼下新政府决心让大家平平安安地过日子。我拼死拼活地干,挣的还是那几个钱。可你呢,躺在钱堆上都不知道怎么花好。你的生意干得挺不错。"

塞萨尔·蒙特罗吃力地慢慢站起来。他一站起来,镇长立即觉得他简直是一头庞大的猛兽,而自己在他面前却成了个可怜虫。镇长的眼睛里闪烁着热切的光芒,他看着塞萨尔·蒙特罗走到窗口。

"你这辈子最好的一笔生意……"镇长喃喃地说。

窗户正对着小河。塞萨尔·蒙特罗认不出这条河了。小河变了,镇子也变了。"我愿意帮你的忙,"他听见镇长在背后说,"我们大家都清楚,这是个名誉问题。不过,你把匿名帖撕了,干了件蠢事。再要证明你是维护自己的声誉，可就不大容易了。"这时，一股令人作呕的臭气钻进了牢房。

"是死牛味儿。"镇长说，"准是堵在什么地方了。"

塞萨尔·蒙特罗还是站在窗户跟前，似乎没有闻见这股恶臭。街上一个人也没有。码头上停泊着三条船。船员们在挂吊床，准备睡觉。等到明天早上七点钟，码头上会是另一番景象：人群要闹腾上半个小时，等着看押解犯人上船。塞萨尔·蒙特罗叹了口气。他把两手插进衣兜里，口气坚决又不慌不忙地把自己的想法概括为三个字：

"多少钱？"

镇长当即回答说：

"五千比索，用一岁的牛犊来付。"

"我再加五只，"塞萨尔·蒙特罗说，"今天晚上电影散场，你立刻用快艇把我送走。"

小船拉响汽笛,在河中心转了个圈子。聚集在码头上的人群和从窗口向外张望的妇女们,最后一次目送罗莎莉奥·德蒙特罗和她母亲离开小镇。罗莎莉奥坐在一只铁箱上。七年前,她就是带着这只铁箱在小镇下船的。奥克塔维奥·希拉尔多大夫站在诊所窗前刮脸。突然,他产生了一个想法:罗莎莉奥到小镇上来,从某种意义上说,应该是她步入社会现实生活的开始。

罗莎莉奥来到小镇的那天下午,希拉尔多大夫看见她身穿破旧的师范学校校服,脚上套着一双男式鞋,在码头上逢人便问:谁肯少要几个钱帮她把箱子运到学校去。看样子,她好像要在镇上默默无闻地过上一辈子。据她自己讲,当时有十一个人找工作,可是只有六个职位。他们就在一顶帽子里抓阄。她在纸团上第一次看到这个小镇的名字。来了以后,她住进学校的一间小屋,屋里有一张铁床和一个洗脸盆。空闲时,她一边在煤油炉上煮面糊粥，一边绣台布。那一年的圣诞节，在学校举行的一次晚会上，她结识了塞萨尔·蒙特罗。塞萨尔·蒙特罗是一个来历不明、野性未退的单身汉。他靠伐木发了财，住在野狗出没的原始森林里，只是偶尔才到镇上来一趟。他不修边幅，平时穿着一双后跟挂铁掌的靴子，背着一支双管猎枪。满脸肥皂沫的希拉尔多大夫在想：罗莎莉奥认识塞萨尔·蒙特罗仿佛是又一次从帽子里抓阄，中了彩。这时，一股令人作呕的臭味扑鼻而来，打断了他的回忆。

小船激起的浪花吓得对岸一群兀鹰凌空飞起。那股腐臭味弥漫在码头上，旋即随着晨风飘散开来，钻进各家各户的屋里。

"他妈的，还在那儿！"镇长从卧室的阳台看到兀鹰朝四下飞开，大声喊道，"倒霉的母牛！"

他用手帕捂住鼻子，走进卧室，把阳台的门关上。屋里也是臭烘烘的。他把镜子挂在钉子上，帽子也没摘就小心翼翼地开始刮脸。脸颊还有些发肿。过了不大一会儿，马戏团老板叩响了屋门。

镇长刮着脸，从镜子里看到马戏团老板，让他坐下。老板上身穿着一件黑格衬衣，下身是马裤，裹着绑腿，手里拿着马鞭，一下一下地敲打着膝盖。

"有人告你们的状了，"镇长一边用剃刀刮完闹牙疼那两个礼拜留下来的乱蓬蓬的胡楂儿，一边说，"就在昨天晚上。"

"怎么说的？"

"说你们鼓动孩子们偷猫。"

"没那回事,"老板说,"那些猫是我们花钱买的。至于他们是从哪儿弄来的,我们可管不着。狮子老虎,总得喂食呀。"

"喂活的?"

"啊,不,不,"老板连忙说,"喂活的,就会兽性发作的。"

镇长洗完脸,用毛巾擦了擦,转过来瞧着马戏团老板。他发现老板几乎每个手指上都带着戒指,上面镶着五光十色的宝石。

"你得另想办法,"他说,"比如,打几条鳄鱼,或者捞点这会儿没有人要的鱼。总之,喂活猫可不行。"

老板耸耸肩,跟在镇长后面来到大街上。人们三三两两地在码头上闲扯。那只死牛陷在河对岸的乱草堆里,大街上臭气熏天。

"这帮人,没有一点男人气!"镇长高声喊道,"就会像老娘儿们一样,凑到一块儿瞎吵吵。昨天下午就该找几个人把死牛拽出来。"

这时候,有几个人围拢过来。

"谁要是在一小时之内把两只牛角拿到我的办公室,我就给谁五十比索。"镇长出了个价钱。

码头边上顿时响起一片杂乱的人声。有几个人听完镇长的话,立刻纷纷跳上木船,一边解缆绳,一边人呼小叫地互相挑战。"一百个比索,"镇长也来劲了,把赏钱增加了一倍,"每只牛角五十比索。"他把老板一直带到码头边上。他们俩眼瞅着走在前

89

面的几只船开到了对岸的沙丘。这时，镇长回过头来冲着老板笑了笑。

"我们这个镇是个幸福的乐园。"他说。

老板点头表示赞同。"现在所缺的就是这类事，"镇长接着说，"人们没活干，就爱胡思乱想。"一群孩子慢慢地围上来。

"马戏团就在那儿。"老板说。

镇长拉着老板的胳臂来到广场。

"演些什么节目？"他问。

"什么都有，"老板说，"有给孩子看的，有给大人看的，样样俱全。"

"这还不够，"镇长说，"还得让大家能看得起。"

"这一点我们也想到了。"老板说。

他们一起来到电影院后边的空地上。那儿正在搭帐篷。几个神色忧悒的男人和女人正从铜皮镶花的大箱子里往外拿道具和彩带。镇长跟着老板穿过挤作一团的人群和杂乱的物件。他和大家握了握手，心里觉得仿佛来到难民营似的。一个体魄健壮、举止泼辣、镶着满口金牙的女人和他握完手，又给他看手相。

"你啊，前途未卜啊。"她说。

镇长连忙把手抽回来，感到有些晦气。老板用鞭子轻轻拍打了一下那个女人的胳臂，说："别打扰中尉了。"他边说边走，护着镇长来到停放驯兽的空地深处。

"您相信这一套吗？"老板问道。

"很难说。"镇长说。

"她们那一套，我可不相信，"老板说，"干我们这行的，干长了就光信人力，不信天命。"

镇长观赏着那几只热得犯困的驯兽。笼子里散发出一股酸不溜丢的热气。驯兽一下一下地喘息着，显得挺憋闷。老板用鞭子抚了抚那只哼哼唧唧撒娇的小豹的鼻子。

"叫什么名字？"镇长问。

"亚里士多德。"

"我问那个女的。"镇长说。

"噢，"老板说，"我们管她叫卡桑德拉，善卜吉凶祸福。"

镇长苦笑了一下。

"我倒想和她睡一觉。"他说。

"那有什么不行的。"老板说。

蒙铁尔寡妇拉开卧室的窗帘，咕咕哝哝地说："可怜的人啊！"她把床头柜收拾好，把念珠和祈祷书放到抽屉里，又在床对面地上铺的老虎皮上蹭了蹭拖鞋，随后在屋里转了一圈，给梳妆台、大衣柜的三个门和放着圣拉法埃尔石膏像的小方柜上好锁。最后，她锁上了屋门。

她从铺着雕花细砖的宽楼梯上走下来，心里想，罗莎莉奥·德蒙特罗真是命苦。刚才她从阳台的缝隙处望出去,看见罗莎莉奥走过码头的拐弯处,走起路来头也不回,还是一副学生模样。当时,她有一种预感,仿佛有件什么事,很早以前已经进入尾声,如今终于结束了。

刚走到楼梯的平台上,院子里那一派农村集市的景象便映入眼帘。楼梯栏杆旁边有一个架子,上面放着用碧绿的叶子包好的奶酪。再过去一点,外面的走廊上堆放着装盐的麻包和盛蜂蜜的蜜囊。最里面是牲口圈,有骡子有马,横木上放着马鞍子。满院子都是刺鼻的牲口味,还夹杂着鞣皮厂和榨糖厂的味道。

寡妇来到办公室,向卡米查埃尔先生问声好。卡米查埃尔先生坐在办公桌旁核对账本,把一沓沓的钞票分开。她打开临河的窗户,九点钟的阳光照射进来。屋里到处是廉价的摆设,还有罩着灰布椅套的安乐椅和一张围着黑纱的放大的何塞·蒙铁尔的遗像。寡妇还没看见河对岸沙滩上的小船,先闻到一股腐肉的臭味。

"对岸出什么事了?"她问。

"正在往外拽一头死牛。"卡米查埃尔先生答道。

"敢情是这么回事!"寡妇说,"昨天一夜我连做梦都闻到这股味。"她看了看正在聚精会神埋头工作的卡米查埃尔先生,又接着说:"现在就差来一场洪水了。"

卡米查埃尔先生低着头说:

"半个月前就开始了。"

"可不是吗,"寡妇表示同意,"现在末日已经到了。咱们得赶快找块安静的向阳的墓地,躺在里面等死吧。"

卡米查埃尔先生洗耳恭听,没有打断她的话。"几年前我们还抱怨说镇上没出过什么大事,"寡妇继续说,"现在悲剧倏地来了,仿佛上帝安排好了,让多少年没发生的事一股脑儿地都冒了出来。"

卡米查埃尔先生从保险柜那边扭过头来看了看蒙铁尔寡妇,只见她两肘撑在窗台上,眼睛凝视着对岸。她身穿一件长袖黑衫,用嘴咬着手指甲。

"等雨过天晴,事情就会好起来的。"卡米查埃尔先生说。

"好不了,"寡妇预言道,"祸不单行。您没看见罗莎莉奥·德蒙特罗吗?"

卡米查埃尔先生见着她了。"都是些莫名其妙的事,"他说,"一个人要是听信匿名帖,早晚得发疯。"

"唉!匿名帖呀!"寡妇叹了口气。

"人家也给我贴了。"卡米查埃尔先生说。

寡妇惊愕地朝办公桌走过来。

"给您贴了?"

"给我贴了。"卡米查埃尔先生肯定地说,"上礼拜六,给我贴了一大张匿名帖,内容还挺全,像电影海报一样。"

寡妇把椅子挪到办公桌前。"真卑鄙,"她大声说,"像您那

93

个模范家庭，有什么可以说三道四的。"卡米查埃尔先生一点也不吃惊。

"我老婆是白人。我的孩子各种肤色都有，"他解释说，"您想想看，我有十一个孩子哪。"

"这是很自然的啊，"寡妇说。

"那张匿名帖说，只有那些黑孩子是我的。还把另外几个孩子的父亲列了一张名单。连安息在九泉之下的堂切佩·蒙铁尔也被卷进去了。"

"我丈夫！"

"您的丈夫，还有另外四位太太的丈夫。"卡米查埃尔先生说。

寡妇呜咽起来。"幸亏我的女儿离这儿很远，"她说，"她们都说不愿意再回到这个光天化日屠杀学生的野蛮国家来。我告诉她们说，做得对。让她们永远留在巴黎。"卡米查埃尔先生把椅子转了一下，他知道，每天令人感到棘手的事又开始了。

"您没什么可担心的。"他说。

"刚好相反，"寡妇抽抽搭搭道，"第一个卷铺盖离开镇子的，准得是我。这些土地，这些整天忙不过来的营生都得丢下。要不是因为这些玩意儿，还不会有眼前这场悲剧。不，卡米查埃尔先生，我可不愿意抱着金盆气得大口吐血呀。"

卡米查埃尔先生打算宽慰她两句。

"您要把担子担起来，"他说，"这笔财产可不能随便扔掉呀。"

"金钱是魔鬼的臭屎。"寡妇说。

"可是您家的钱也是堂切佩·蒙铁尔艰苦创业的结果啊。"

寡妇咬了咬手指头。

"您很清楚,其实不是这么回事,"寡妇回答说,"这笔钱不是好来的。为了这点臭钱,何塞·蒙铁尔第一个遭了报应,临死的时候,连忏悔都没来得及做。"

这句话,她说了不止一次了。

"要说罪魁祸首,当然是那个该死的家伙。"她指着镇长高声喊道。这时候镇长正拉着马戏团老板的胳臂从对面的人行道上走过去。"可是赎罪呢,全落到我身上了。"

卡米查埃尔先生离开了寡妇。他把用橡皮筋捆好的一沓沓钞票放到一个纸盒里,站在门口,按字母顺序叫着长工们的名字。

每逢礼拜三,长工们领一次工资。蒙铁尔寡妇听见他们从自己身边走过,但是没有理睬他们的寒暄。她独自一人住在这所有九间房屋的阴森森的宅院里。格兰德大妈就死在这里。何塞·蒙铁尔买下这所宅院时,万万没想到他的遗孀会在这儿孤苦伶仃地过一辈子。夜深人静的时候,蒙铁尔寡妇到空房里喷洒杀虫药,时常看见格兰德大妈在走廊里捉虱子,于是她就问格兰德大妈:"我什么时候死呢?"同阴间的这种交谈徒然增加了她的不安,因为所有死者的回答都是笨拙而自相矛盾的。

十一点钟刚过,寡妇眼含泪花地望见安赫尔神父穿过广场。

"神父,神父。"她喊道,仿佛觉得这样一喊就可以解脱似的。但是,安赫尔神父没有听见。神父敲了敲对面人行道上阿希斯家的大门。门虚掩着,里面静悄悄的,神父迈步走了进去。

走廊上一片小鸟的啁啾声。阿希斯寡妇躺在一把帆布椅上,脸上蒙着一块浸过花露水的手帕。从敲门的动静中,她知道来的是安赫尔神父。又待了一会儿,直到听见神父的问候,她才把手帕拿下来。由于失眠,她的神情显得十分疲倦。

"请您原谅,神父,"她说,"没想到您来得这么早。"

神父忽略了人家是请他来吃午饭的。他十分不安地表示歉意,连说今天早上有些头疼,趁天还不太热赶忙穿过广场来到这里。

"没关系,"寡妇说,"我只想告诉您,您进来的时候,我正难受得要死要活的。"

神父从衣兜里掏出一本散了页的每日祈祷书。"要不然您再休息一会儿,我来做做祈祷。"他说。寡妇表示不用了,说道:

"我已经好了。"

她闭着眼睛走到走廊的尽头,回来的时候,很利落地把手帕放在折叠椅的扶手上,等坐到安赫尔神父对面时,她好像年轻了好几岁。

"神父,"她态度诚恳地说,"我需要您的帮助。"

安赫尔神父把每日祈祷书装进衣兜里。

"我愿意为您效劳。"

"还是罗贝托·阿希斯的事。"

罗贝托·阿希斯没有履行自己的诺言,没有把匿名帖的事置之脑后。昨天临走的时候,他说礼拜六以前不回来了。可是当天晚上,他突然回到家里,一直待在漆黑的屋子中,坐到天色微明,等着他老婆的"情夫"。后来,他实在困得支持不住了。

安赫尔神父惶惑不解地听她诉说着。

"这件事毫无根据。"他说。

"您不太了解阿希斯家的人,神父,"寡妇回答说,"他们都爱想入非非。"

"我对匿名帖的看法,蕾薇卡是知道的,"他说,"您看,我是不是再同罗贝托·阿希斯谈一谈。"

"千万可别谈,"寡妇说,"那等于是火上浇油。不过您要是在礼拜天布道的时候谈一谈匿名帖的事,我想罗贝托·阿希斯一定会认真考虑的。"

安赫尔神父摊开双臂。

"那怎么行啊,"他大声叫嚷起来,"那不是小题大做吗?"

"防止犯罪比什么都重要。"

"您认为事情已经到这种地步了吗?"

"岂止是这样认为!"寡妇说,"单凭我一个人的力量,是阻止不了他犯罪的。"

过了一会儿,他们坐到桌前。一个赤脚的女仆端上来米饭菜豆、半熟的蔬菜和一盘肉丸子，上面浇了一种暗红色的浓汁。安赫尔神父闷头吃起来。辛辣的胡椒、房间里死寂的气氛、内心纷乱的思绪使他回想起在马孔多的一段往事。当时，他刚刚开始担任神职，住在一间简陋的小房子里。一天中午，也像今天一样，天气炎热、尘土飞扬，他拒绝给一个上吊自杀的人举行基督教的葬礼，原因是狠心的马孔多居民反对安葬这个自寻短见的人。

安赫尔神父解开长袍的领扣，散散热气。

"好吧，"他对寡妇说，"请您关照一下罗贝托·阿希斯，叫他别忘了礼拜天去望弥撒。"

阿希斯寡妇答应一定照办。

希拉尔多大夫和他的妻子从来不睡午觉。下午，他们一起阅读狄更斯的一篇小说。两个人待在内院里，男的躺在吊床上，两手交叉放在脖子后面聆听着，女的把书放在怀里，背对着被阳光晒得发蔫的天竺葵的斜影，朗读小说。她坐在椅子上一动也不动，拿腔拿调地读着，一点味道都没有，直到读完也没有抬头，书始终摊开在膝盖上。这时候，希拉尔多大夫走到洗脸池边冲洗了一下。天气闷热，似乎要来一场暴雨。

"这算是一个长的短篇小说吗？"她认真地思索了一会儿问。

大夫以他在外科病房学会的轻巧动作把头从洗脸池里缩回来。"人们说这是个小长篇，"他在镜子前一边擦头油一边说，"可是据我看，还不如说是一部长的短篇。"他用手指抹了点凡士林，擦在头顶上，最后说：

"评论家可能会说这是个短篇，但写得很长。"

在妻子的帮助下，大夫穿上一件白色亚麻布的衣服。人们往往把她错认为是大夫的姐姐，一则她对他照顾得体贴入微，再则她那冷漠的目光令她显得比大夫年长些。希拉尔多大夫临走前把今天请他出诊的人的名单和顺序告诉了她，免得有急事找不着他，然后，又把候诊室指示钟的指针拨了一下：他五点钟回来。

街上热得像蒸笼。希拉尔多大夫在人行道上的阴影里走着，预感到尽管天气闷热，但今天下午绝不会下雨。知了的叫声使码头显得更加寂静。那头死牛已经被人拖出，顺水流走了。腐臭味消失散尽，留下一片真空。

报务员从饭店那边喊了他一声。

"收到电报了吗？"

希拉尔多大夫没有看见电报。

"请告如何发货。阿科凡签署。"报务员把电文背给他听。

他们一同来到邮电局。报务员趁大夫起草回电时打了个盹儿。

"是盐锅水。"大夫用了个不太科学的名词解释说。尽管他预感到下午没有雨，但在起草完电报后还是安慰对方说："今天晚上也许会下场雨。"

报务员开始计算字数。大夫没去管他，把目光转向发报机旁那本摊开的厚书。他问，那是不是一本小说。

"是《悲惨世界》，维克多·雨果的。"报务员发完报，在抄件上盖了章，拿着书回到栏杆旁。"我想，有了这本书，我们可以消磨到十二月了。"

几年前，希拉尔多大夫就听说这位报务员利用空闲时间通过电报向贝纳尔多·德尔维恩托的女报务员传诗歌。可是不知道他还传小说。

"这可是个大工程啊。"大夫说着，用手翻了翻那本翻阅多遍的厚书，不由得想起自己年轻时那些荒唐念头。"还不如传点小仲马的东西呢。"

"她喜欢这本书。"报务员申辩说。

"您认识她？"

报务员摇了摇头。

"认识不认识，还不是一样，"他说，"她发 R 的时候，总是一跳一跳的，走到哪儿我也能认出来。"

这天下午，希拉尔多大夫留出一个小时给堂萨瓦斯看病。堂萨瓦斯疲惫不堪地躺在床上，腰部以上裹着毛巾被。

"糖块好吃吗？"大夫问。

"是天气太热闹的，"堂萨瓦斯抱怨说，把他那像老太婆一样臃肿的身躯转向屋门，"午饭后，我打过一针。"

希拉尔多大夫在窗前的桌子上打开药箱。院子里知了叫个不停，屋里热得实在让人难以忍受。堂萨瓦斯坐在院子里费劲地挤出一点尿。大夫用试管取了琥珀色的尿样。病人觉得松快些了，一边看着大夫化验，一边说：

"大夫，您多费心吧，在知道这本小说的结局以前，我还不打算离开人世。"

希拉尔多大夫把一片蓝色的药片放进尿样里。

"什么小说？"

"匿名帖。"

堂萨瓦斯用温顺的目光瞅着大夫把试管放在酒精灯的火焰上加热。大夫嗅了嗅，病人用混浊无光的眼睛等待着他的答复。

"正常。"大夫说着把尿样倒在院子里。过了一会儿，他问堂萨瓦斯："您也惦记着这件事？"

"我不惦记着，"病人说，"不过，我跟日本人一样，看见别人害怕就特别开心。"

希拉尔多大夫准备给他做皮下注射。

"还有，"堂萨瓦斯接着说，"前天有人给我贴了一张。还是那些混账话，什么我的孩子啊，什么毛驴的故事啊。"

大夫用一根橡皮管勒住堂萨瓦斯的血管。病人还在喋喋不休地讲述毛驴的故事。看来大夫还不知道这件事，他得从头至尾讲一讲。

"二十年前，我做了一笔贩卖毛驴的生意，"他说，"赶巧到第三天清晨卖出的驴通通死了，身上没留下任何伤痕。"

他伸出肥肥胖胖的胳臂，让大夫抽血。希拉尔多大夫拔出针，用棉花按住针眼，堂萨瓦斯把胳臂缩了回去。

"您猜，人们编了个什么故事？"

大夫摇摇头。

"说我夜里亲自钻进各家的菜园子，用手枪捅进驴屁股里，把驴通通打死了。"

希拉尔多大夫把装血样的试管放进上衣口袋里。

"乍听起来，这个故事挺像真事的。"他说。

"不，其实是蛇咬的。"堂萨瓦斯说。他坐在床上活像一尊东方的神像。"不管怎么说，把众所周知的事写成一张匿名帖，干这种事的人准是个胆小鬼。"

"匿名帖的特点一向就是如此，"大夫说，"讲的都是众所周知的事，不过差不多也都是事实。"

堂萨瓦斯蓦地感到一阵不舒服。"是啊！"他喃喃地说，用床单擦了擦肿眼泡上的汗水，旋即说：

"话又说回来了，在咱们这个地方，谁想发财不得杀上三五头毛驴啊。"

大夫听到这句话时正在弯腰洗手。从脸盆的水里，他看到自己的面影，牙齿长得这样整齐，简直不像天生的。他用鄙夷的目光斜睨了病人一眼，说：

"亲爱的堂萨瓦斯，我一向认为，您唯一的美德就是厚颜无耻。"

病人一听这话大为兴奋。大夫的责骂反而使他觉得自己变年轻了。"除此之外，还有旺盛的性欲。"他边说边把胳臂一伸一屈。他大约是要借此加速一下血液循环，但是在大夫看来，这恰好表现出他的恬不知耻。堂萨瓦斯颠了颠屁股。

"所以一看到那些匿名帖，我简直要笑死了，"堂萨瓦斯接着说，"他们说我的儿子在这一带糟蹋了多少多少黄花闺女，我可以告诉他们：这叫有其父必有其子。"

希拉尔多大夫临走之前，不得不耐着性子听他绘声绘色地讲述他那些乌七八糟的风流事。

"啊，幸福的青春时代哪，"病人最后喊道，"在那种好年月里，一个十六岁的大姑娘还顶不上一头小牛犊的价。"

"老想这些，您的血糖还得升高。"大夫说。

堂萨瓦斯吓得目瞪口呆了。

"恰恰相反，"他反驳道，"比起倒霉的胰岛素针来，这要好得多。"

大夫走到大街上，心想堂萨瓦斯动脉血管里的血液一定像粥一样黏稠。不过，现在引起他注意的是另外一件事，就是匿名帖。几天前，他在诊所里听到一些传言。今天下午从堂萨瓦斯家出来，他发觉这一个礼拜，耳朵里没听见别的，只有匿名帖这一件事。

接下去，他又去好几户人家出诊。每一家都和他谈起匿名帖的事。他装作漠不关心的样子，笑眯眯地听人们发牢骚，一概不置可否。其实，他一直在开动脑筋，探求结论。大夫朝诊所走去。安赫尔神父刚从蒙铁尔寡妇家出来，一声喊叫打断了大夫的思路。

"您的病人怎么样，大夫？"安赫尔神父问。

"都还不错，神父，"大夫答道，"您的病人呢？"

安赫尔神父咬了咬嘴唇，拉着大夫的胳臂走进广场。

"您干吗要问这个？"

"不知道，"大夫说，"听说您的病人当中正流行着一种很厉害的时疫。"

安赫尔神父有意把话题岔开，大夫也看出来他是故意这样做的。

"我刚和蒙铁尔寡妇谈完话出来，"他说，"这个可怜的女人，神经紧张得承受不住了。"

"八成是良心发现吧。"大夫像是给病人诊断似的说。

"她整天提心吊胆，要死要活的。"

两个人的家本来在相反的方向，但是安赫尔神父还是陪着大夫向诊所走去。

"说正经的，神父，"大夫接着刚才的话题道，"您对匿名帖怎么看？"

"我没有想这些，"神父说，"要是非说不可，我可以告诉您，这是在一个堪称典范的城镇里出现的妒忌现象。"

"我们当医生的,即使在中世纪也不会做出这样的诊断。"希拉尔多大夫反驳说。

他们在诊所门前停下脚步。安赫尔神父慢慢地扇着扇子说:"不要小题大做了。"这是他今天第二次说这句话。希拉尔多大夫心里咯噔了一下,感到有点失望。

"神父,您怎么知道匿名帖上说的没有一点真话呢?"

"我会从别人的忏悔中知道的。"

大夫冷冷地瞅了瞅他的眼睛。

"要是您从忏悔中还了解不到真情,那事情可就更严重了。"他说。

当天下午,安赫尔神父在穷人家里也听到他们议论匿名帖的事,但他们的态度不同,甚至感到挺痛快。做祷告的时候,神父有点头疼,他估计是中午吃肉丸子撑的。晚饭吃得没有一点味道。饭后,他找出电影审查目录,一连敲了十二下钟,表示绝对禁止看电影。这时候,他有生以来第一次隐隐约约地体验到什么是虚荣心。最后,神父头疼得像要炸裂开来。他索性把小凳靠在临街的大门上,拿定主意要当众查明哪些人敢违抗他的告诫进入电影院。

镇长走进电影院。他在池座的一个角落里坐好,电影开演前,他先抽了两支烟。牙床已经完全消肿了。但是他一想起前几天夜里的那番折腾，以及服用大量止痛片的那股难受劲，浑身还是怪不舒服的，抽完烟后觉得有点恶心。

电影院本来是一个空场子，现在四周垒起水泥墙，锌皮屋顶遮住了池座的一半。地上的青草仿佛每天早晨都重新发芽滋长似的，肥料就是观众丢下的香烟头和口香糖。一时间，镇长觉得未经刨光的木凳以及前排座位和走道之间的铁栏杆似乎在眼前不住地浮动。最里边的墙上涂了一片白色权当银幕。那银幕好像也在飘动着，令人头晕目眩。

熄灯后他觉得好了一些。这时候，高音喇叭里刺耳的音乐声停止了。放映机旁那间小木房里发电机的嗡嗡声显得更响了。

在正片之前，先放了几张宣传性的幻灯片。人们交头接耳的低语声、杂乱的脚步声和断断续续的笑声，在昏暗中乱哄哄地闹了几分钟。镇长猛然想到，这样偷偷摸摸地到电影院来，不啻是在对抗安赫尔神父的严格规定。

电影院老板从镇长身边走过，单凭那股香水味，镇长也能把他认出来。

"你这个强盗，"他一把拉住老板的胳臂悄悄地说，"你得交一笔特别税。"

老板嘿嘿笑了一声，坐在邻近的座位上。

"这是部好电影。"他说。

"对我来说,"镇长说,"我宁愿所有电影都是坏的。那些道德说教片最让人讨厌。"

前几年,谁也不会认真对待教堂的警告钟声。但每到礼拜天大弥撒时,安赫尔神父就在布道坛上指名道姓地指出本周有哪些妇女公然违抗他的告诫,并把她们赶出教堂。

"后边的小门是我的救星。"老板说。

镇长正在看那部老掉牙的新闻片。银幕上出现有意思的地方,他就把话停一停。

"反正是那么回事,"镇长说,"穿短袖衫的妇女,神父一律不给发圣餐。可女人们还是穿短袖衫,只是在进教堂望弥撒之前,套上一副假袖子。"

新闻片之后,放映下周电影的简介。两个人一声不吭地看着。放完了,老板往镇长身边凑了凑。

"中尉,"他低声说,"您出面买下来吧!"

镇长的视线没有离开银幕。

"这生意可不好做呀。"

"我是不行,"老板说,"对您来说,这可是一笔大财。事情明摆着,神父不会用敲钟来找您的麻烦。"

镇长思索了一下才回答说:

"我看行吧。"

但是,他们没有进一步详谈。镇长把脚伸到前排的凳子上,被错综复杂的故事情节吸引住了。看完之后他心想，冲这种片子，连敲四下钟也不值得。

从电影院出来，镇长在台球厅待了一会儿，那儿正在玩抓彩。天气很热，收音机里播放着一首蹩脚的乐曲。镇长喝了一瓶矿泉水，回去睡觉了。

他悠闲自在地沿着河岸朝前走，黑暗中察觉出河水在上涨。河水哗哗地流着，散发出一股大牲畜的味道。走到家门口，他忽然朝后一跳，拔出了手枪。

"出来，"他用紧张的声音说，"不然我要开枪了。"

黑暗中一个甜滋滋的声音说：

"别紧张，中尉。"

他举起顶着子弹的手枪，直到藏在暗处的人走到明处来。原来是卡桑德拉。

"差点让你跑了。"镇长说。

他把她带到楼上的卧室里。好长一段时间，卡桑德拉一直在拐弯抹角地说话。她坐在吊床上，一边说着一边脱鞋，天真地欣赏着染得通红的脚指甲。

镇长坐在卡桑德拉对面，拿着帽子当扇子扇，规规矩矩地和她闲扯。他抽了几支烟。时钟打过十二点，卡桑德拉趴在吊床上，伸出一只戴着叮当作响的手镯的胳臂，捏了一下镇长的鼻子。

"太晚了，宝贝儿，"她说，"关灯吧。"

镇长微微一笑。

"我可不干这种事。"

她感到莫名其妙。

"你会算命吗?"镇长问。

卡桑德拉在吊床上翻身坐了起来。"当然会了。"她说。过了一会儿,她明白过来了,连忙把鞋穿上。

"我没带牌来。"她说。

"唱戏的还不带着行头。"镇长微笑道。

镇长从箱子底里翻出几张旧纸牌。卡桑德拉非常认真地一张一张翻看着,看了正面,又看背面。"缺的那些张是好牌,"她说,"不过不管怎么样,好在各张还能连得上。"镇长搬过来一张小桌子,在她对面坐下来。卡桑德拉把牌摊开。

"问爱情还是问生意?"她问。

镇长擦干了手上的汗。

"问生意。"他说。

一头没主的毛驴躲在农舍的屋檐下避雨。夜里,它老是用蹄子踢屋子的外墙,闹得人整夜不得安宁。天亮时,安赫尔神父才算打了个盹,醒来后似乎觉得满身都是尘土。晚香玉被霏霏细雨淋得无精打采,厕所里臭气熏天,早晨五点的钟声敲过后,教堂里显得阴森森的。好像所有这些都串通一气,和今天早晨过不去。

神父在圣器室里换上做弥撒的衣服,听见特莉妮达在数死了多少只老鼠。这时,和往常一样,妇女们轻手轻脚地走进教堂。做弥撒的时候,辅祭东一个错西一个错,讲出的拉丁语粗俗不堪,神父越听越来气。最后,他的情绪沮丧极了。他这一生,每逢碰到这种倒霉的时候,总是感到十分沮丧。

神父去吃早饭时,迎面碰上了容光焕发的特莉妮达。"今天逮住六只。"她说着,哗啦哗啦地晃了晃盒子里的死老鼠。安赫尔神父尽力克制住自己的焦灼情绪。

111

"太好了，"他说，"下一步该找老鼠洞了，来个一网打尽。"

老鼠洞呢，特莉妮达已经找到了。她告诉神父，她在教堂的好几处地方找到了老鼠洞，特别是在钟楼和洗礼堂里，并且用沥青把洞全都堵死了。那天早晨，她看见一只老鼠像疯了一样往墙上撞，大概是夜里找不到窝了。

他们一起走到小院里。院子的地上墁着石子，晚香玉的枝叶开始伸展开来。特莉妮达停下脚步，把死老鼠扔进厕所里。待她来到书房时，安赫尔神父正准备吃早饭。每天早晨，一掀开桌上的罩布，阿希斯寡妇送来的早饭准在下面，就像变戏法似的。

"我忘记告诉您一件事，没买到砒霜，"特莉妮达进来时说，"堂拉洛·莫斯科特说，没有医生开的条子，不卖给砒霜。"

"用不着了，"安赫尔神父说，"所有老鼠都会憋死在洞里的。"

他把椅子拉到桌子旁边，摆好杯子、盛雪白小面包片的盘子，以及刻有日本龙纹的咖啡壶。特莉妮达打开窗户。"最好还是准备着点，万一老鼠再来呢。"她说。安赫尔神父拿起咖啡壶刚要往杯里倒，突然停了下来，两眼望着特莉妮达朝桌边走过来。只见她穿着一件不合身的白色工作服，裹着残疾人用的护腿。

"你对这件事过于操心了。"他说。

无论是今天还是以前，安赫尔神父从来没在特莉妮达浓密杂乱的眉宇间发现过什么局促不安的神色。他的手指在轻轻地颤动。他倒完咖啡，放上两小匙白糖，开始在杯子里搅动，眼睛直瞪瞪地盯着墙上挂的十字架。

"你从什么时候起就没来忏悔了？"

"礼拜五。"特莉妮达答道。

"告诉我，"安赫尔神父说，"你有没有向我隐瞒过自己的罪孽？"

特莉妮达摇了摇头。

安赫尔神父闭上眼睛。突然他停止搅动，把小匙放在盘子上，抓住特莉妮达的胳臂。

"跪下。"他说。

特莉妮达慌张地把纸盒放在地上，跪在神父面前。"念'我是罪人'。"安赫尔神父拿出忏悔神父的腔调说。特莉妮达攥紧拳头，放在胸前，嘴里含糊不清地默诵着，直到神父用手按住她的肩头才停下来。神父说：

"好了。"

"我说过谎。"特莉妮达说。

"还有什么？"

"我有过邪念。"

每次做忏悔，都是这个顺序。她总是按这个次序泛泛地忏悔同样的罪孽。这一次，安赫尔神父定要她进一步谈下去。

"什么样的邪念？"他问。

"不知道，"特莉妮达犹豫了一下，"有时候有不好的念头。"

安赫尔神父站起身来。

"你脑子里从没闪过自杀的念头吗?"

"圣洁的圣母马利亚!"特莉妮达惊叫起来,低着头,用指关节敲打着桌子腿。接着,她回答说:"没有,神父。"

神父叫她抬起头来,他痛苦地发现姑娘的眼睛里满含着泪水。

"就是说,砒霜真是给老鼠买的。"

"是的,神父。"

"那你为什么要哭啊?"

特莉妮达又要把头低下去,神父用力托住她的下巴。她的眼泪涌出了眼窝。安赫尔神父觉得泪水像温热的醋一样从他的指缝流过。

"平静些,"他对特莉妮达说,"忏悔还没完呢。"

神父听任她抽抽噎噎地饮泣了一阵子。看到她哭得差不多了,神父轻轻地对她说:

"好了,现在对我讲吧!"

特莉妮达用裙子擤了擤鼻涕,咽下一大口掺着眼泪的发咸的口水。再开口的时候,她的声音恢复了正常,那是少有的男中音般的音色。

"我的叔叔安布罗西奥在追求我。"她说。

"怎么回事?"

"有一天晚上,他硬要在我的床上过夜。"特莉妮达说。

"说下去。"

"没有了,"特莉妮达说,"我向上帝发誓,再没有什么了。"

"不用起誓。"神父告诫道。随后他用忏悔神父的平静语调说:"告诉我,你和谁一起睡觉?"

"我妈妈,还有别的女人,"特莉妮达说,"一共七个人,住在一间屋子里。"

"他呢?"

"他和男人住在另外一间屋子里。"特莉妮达说。

"他从来没到过你的房间吗?"

特莉妮达摇了摇头。

"要说实话,"安赫尔神父坚持道,"别害怕。他从来没打算进你的房间里去吗?"

"有过一回。"

"事实经过呢?"

"不知道,"特莉妮达说,"我醒来的时候,觉得他已经钻进了我的帐子里。他悄悄地对我说,他不想把我怎么样,只想和我一起睡觉,因为他害怕公鸡。"

"怕什么公鸡?"

"不知道,"特莉妮达说,"他就对我说了这些。"

"那你和他说了些什么?"

"我说,你不走,我就喊了,把大家都叫起来。"

115

"他呢?"

"卡斯杜拉醒了,问我出了什么事。我说没什么,大概是做梦吧。他闷着头不吭气,像个死人似的。等他从帐子里出去的时候,我都没觉出来。"

"他穿着衣服。"神父用肯定的语气说。

"穿着睡觉的衣服,"特莉妮达答道,"只穿着裤子。"

"他没想碰你一下。"

"没有,神父。"

"跟我说实话。"

"是没有,神父,"特莉妮达坚持说,"我向上帝发誓。"

安赫尔神父又把她的脸抬起来,盯着她那双闪烁着悲伤的泪花的眼睛。

"你为什么瞒着我。"

"我害怕。"

"怕什么?"

"不知道,神父。"

安赫尔神父把手放在她的肩膀上,用了很长时间劝解她。特莉妮达一再点头表示同意。最后,神父和特莉妮达一起低声祷告:"耶稣基督、上帝、圣父……"神父深沉地祈祷着,内心感到一阵恐惧。他一边祷告,一边竭尽所能地回溯了自己一生的经历,待到向特莉妮达赦罪的时候,一种灾难临头的感觉攫住了他的心灵。

镇长推开门，高声叫道："法官。"阿尔卡迪奥法官的女人走进卧室，用裙子擦干了双手。

"他有两天晚上没回来了。"她说。

"这个该死的，"镇长说，"昨天他没到办公室去。我有件急事，到处找他，谁也说不上他在什么地方。你想想他会在哪儿呢？"

"八成到哪个婊子家里去了。"

镇长扭头走了，连门也没关上。他走进台球厅。留声机开到最大的音量，在播放一支伤感的歌曲。镇长径直走到最里边的小房间，喊道："法官。"老板堂罗克正在把大瓮里的甘蔗酒灌进酒瓶里。一听镇长喊，他停下手里的活计，大声说道："不在，中尉。"镇长走到隔壁另一间屋里，一伙人正在玩牌。谁也没见过阿尔卡迪奥法官。

"他妈的，"镇长说，"按说在这个镇上谁干什么大家都知道。可现在我要找法官，却没人知道他钻到什么地方去了。"

"您去问问贴匿名帖的人吧！"堂罗克说。

"少拿那些破烂纸跟我瞎捣乱。"镇长说。

阿尔卡迪奥法官也没在办公室里。已经九点了，法院的秘书还在院子的走廊上打瞌睡。镇长回到警察局，命令三名警察穿好衣服，到舞厅和三个尽人皆知的暗娼家去找阿尔卡迪奥法官。然后，他走到大街上，漫无目的地来回转悠。最后在理发馆里，他看到阿尔卡迪奥法官坐在椅子上，两腿劈开，脸上蒙着一条热毛巾。

"我的法官，你可真够行的，"镇长喊道，"我找你找了两天了。"

理发师把毛巾拿下来。镇长看见法官两眼肿胀，下巴黑乎乎的，三天没刮胡子了。

"你女人都要生了。你呢，连影子也找不着。"镇长说。

阿尔卡迪奥法官一下从椅子上跳了下来。

"哎哟，坏事了。"

镇长放声大笑，把法官推到椅子背上。"别害怕，"他说，"我找你有别的事。"阿尔卡迪奥法官又闭上眼躺下去。

"理完发到办公室去一趟，"镇长说，"我等着你。"

说着，他在长条靠背椅上坐下来。

"你钻到什么地方去了？"

"就在这儿。"法官说。

镇长不常来理发馆。有一次，他看见墙上钉着一张纸条，上面写着：莫谈国事。当时，他觉得这是理所当然的。可是这一次，纸条却引起了他的注意。

"瓜迪奥拉。"他叫道。

理发师正在裤子上擦剃刀。听见镇长叫他，他停下手里的活。

"什么事，中尉。"

"谁让你贴这个的？"镇长指着纸条问。

"凭经验办事呗。"理发师说。

镇长把一张小凳子拉到理发室的内墙前，踩着凳子把纸条摘下来。

"咱们这儿，只有政府才有权禁止这个禁止那个的，"他说，"咱们现在讲民主。"

理发师接着干他的活。"谁也不能禁止人们发表意见。"镇长继续说着，把纸条撕得粉碎，扔进纸篓，然后走到梳妆台前洗了洗手。

"看到了吧，瓜迪奥拉，"阿尔卡迪奥法官严肃地说，"怀疑上你了。"

镇长对着镜子观察了一下理发师的神色，只见他全神贯注地在干活。镇长一边目不转睛地盯住他，一边擦干了手。

"如今和从前不一样了，"他说，"过去是政治家说了算，现在是政府说了算。"

"听见了吗，瓜迪奥拉。"阿尔卡迪奥法官说。他脸上涂满了肥皂沫。

"当然听见了。"理发师回道。

走出理发馆，镇长把阿尔卡迪奥法官一直推到办公室。阴雨绵绵，大街上好像涂了一层湿漉漉的肥皂。

"我总觉得理发馆那地方是个阴谋家的老窝。"镇长说。

"说是这么说,"阿尔卡迪奥法官道,"谁也没有凭证。"

"棘手的也恰好在这里,"镇长说,"他们显得太顺从了。"

"在人类的历史上,"法官像宣读判决书似的说,"没有一个理发师是搞阴谋的。相反,没有一个裁缝不会耍阴谋。"

镇长拉着阿尔卡迪奥法官的胳臂,叫他坐在转椅上。等法官坐好了,他才把手松开。秘书打着呵欠走进办公室,手里拿着一张打好字的纸。"好吧,"法官对镇长说,"开始工作吧!"他把帽子向后一推,接过那张纸。

"这是什么?"

"给法官的,"秘书说,"这张名单上的人都没有被贴过匿名帖。"

镇长满脸疑惑地看了看阿尔卡迪奥法官。

"啊哈!他妈的!"镇长喊道,"原来你也惦记着这件事哪。"

"这就像看侦探小说一样。"法官解释道。

镇长看了看名单。

"这个材料很好,"秘书解释说,"作案的一定是这里边的人。这不是很自然的吗?"

阿尔卡迪奥法官从镇长手里把纸拿过来。"简直是瞎扯淡。"他对镇长说,然后又转向秘书,"如果我是贴匿名帖的人,我先在自个儿家门上贴一张,免得教人怀疑。"他又问镇长:

"您不这样看吗,中尉?"

"干这种事的人，"镇长说，"自然晓得怎么干。咱们犯不上操这份闲心。"

阿尔卡迪奥法官把纸撕碎，揉成一团扔到院子里，说了句：

"当然了。"

在法官回答以前，镇长已经把这件事抛到脑后了。他将手掌撑在办公桌上说：

"好啦。有件事，请你查查书。是这么回事，这次闹水灾，洼地上的住户把家搬到了公墓后边的空地上。那边的地是属于我的。你说，我该怎么办？"

阿尔卡迪奥法官微微一笑。

"为了这么点事，根本不必到办公室来，"他说，"这种事再简单不过了。政府把地给了移民，就应该对持有正式地产证的人给予相应的补偿。"

"我有地产证。"

"那就没说的了。您去找几位懂行的人，估一估地价，"法官说，"由政府来付款。"

"谁去找呢？"

"您自己找就行。"

镇长扶正了枪套，大步朝门口走去。阿尔卡迪奥法官看见他要走了，心里想，生活只不过是不断地给人一些机会，好让人能活下去。

121

"这么件小事，何必着急呢？"他笑着说。

"我不着急，"镇长绷着脸说，"不过，总也是件事呀！"

"那当然。但是您事先得任命一位检察官。"秘书插嘴道。

镇长转向法官。

"是真的吗？"

"在戒严的情况下，倒不是绝对必要的，"法官说，"但是，如果有一位检察官来承办这件事，您就更清白些，因为您本人就是有争议的土地主啊。"

"那就任命一位吧！"镇长说。

街中心有几只兀鹰在争食一截肠子。本哈民先生直勾勾地瞧着兀鹰，换了只脚蹬在脚垫上。兀鹰吃力地上下盘旋，摆出一副高傲庄重的样子，好像在跳古式的舞蹈。本哈民先生眼睛瞧着兀鹰，心里实在佩服那些在四旬节前一个礼拜天装扮兀鹰的人们，他们演得真叫逼真。坐在他脚边的小伙子往另一只鞋上抹了点鞋油，敲了敲木箱子，让他再换一下脚。

本哈民先生从前以代写书信为生，无论干什么事都不紧不慢的。时间过得真快，不知不觉中他开的那家铺子已经坐吃山空，最后只剩下一加仑汽油和一把蜡烛。

"下雨天，还是这么热。"小伙子说。

对这句话，本哈民先生很难苟同。他穿着干净的麻布衫，小伙子呢，却汗流浃背。

"热不热其实都是人的幻觉，"本哈民先生说，"心静自然凉。"

小伙子没有吭气，又在木箱子上敲了一下。不一会儿，鞋擦好了。本哈民先生回到那间货架空空如也的阴暗的店铺里，穿好外套，戴上草帽，打着雨伞在蒙蒙细雨中穿过马路。他冲着对面人家的窗户喊了一声。一个满头黑发、肤色苍白的姑娘从半掩着的大门里探出头来。

"你早啊，米娜，"本哈民先生说，"还不去吃午饭？"

姑娘回答说先不吃，边说边打开了窗户。她坐在一只大篮子前面，篮子里装满剪断的铁丝和五彩缤纷的纸片。姑娘怀里放着一个线团、一把剪刀和一束没做完的纸花。留声机在放唱片。

"我回来以前，麻烦你帮我照看一下店铺。"本哈民先生说。

"要耽搁很久吗？"

本哈民先生侧耳听了听唱片。

"我到镶牙铺去一趟，"他说，"半小时后准回来。"

"唉，好吧，"米娜说，"瞎奶奶不让我在窗户这儿傻待着。"

本哈民先生不再听唱片了。"现在所有的歌全是一个味儿。"他说。米娜把一枝做好的花插在用绿纸包着的铁丝做成的细长花茎上。她用手指捻动花茎，纸花转了圈。音乐声和纸花多么协调啊。她简直被迷住了。

"您跟音乐是冤家对头。"她说。

123

这工夫,本哈民先生已经走开了。他轻轻地踮着脚尖走路,生怕把兀鹰吓跑。米娜看见他敲镶牙铺的大门,才又接着干活。

"照我看,"牙医一边开门一边说,"变色龙的知觉全在眼睛上。"

"那很可能,"本哈民先生表示同意,"你怎么突然想到这件事?"

"我刚从收音机里听到,变色龙眼一瞎就不会变颜色了。"牙医说。

本哈民先生把撑开的雨伞放在角落里,将外套和草帽挂在钉子上,然后往椅子上一坐。牙医在研钵里搅拌着一种暗红色的黏稠的糊糊。

"讲的东西可多了。"本哈民先生说。

他说话历来都是拐弯抹角的,令人难以捉摸。这回还是这样。

"讲变色龙吗?"

"什么都讲。"

牙医拿着和好的糊糊走到椅子旁边,叫本哈民先生咬牙印。本哈民先生把坏了的假牙取下来,用手帕包好,放在椅子旁边的玻璃板上。假牙一取下来,再加上那瘦削的肩膀、干瘪的四肢,他看上去活像个苦行僧。牙医把那团糊糊贴在他的上牙膛上,然后把他的嘴合紧了。

"就这样,"牙医看着本哈民先生的眼睛说,"我这个人胆小怕事。"

本哈民先生打算喘口大气，可是牙医紧紧地按住他的嘴。"不，"他在内心反驳说，"不是。"和大家一样，他也知道，只有牙医被宣判死刑以后没有弃家逃亡。他们开枪射击，打得牙医家的墙垣尽是窟窿，限令他二十四小时内离开本镇，但是他没有屈服。他把手术室搬到里边的一间屋子，干活的时候，手枪老是放在手边。他言谈小心谨慎，没出过岔子，就这样熬过了那几个月的恐怖时期。

牙医在取牙模的时候，发现本哈民先生的眼里几次流露出或轻或重的惶惶不安的神情。他按住本哈民先生的嘴，等牙模变干。过了一会儿，他把牙模取了出来。

"我不是说那件事，"本哈民先生缓了口气说，"我说的是匿名帖。"

"哦，"牙医说，"这么说你也关心这件事。"

"唉，从这里可以看出社会多么腐败啊！"本哈民先生说。

他把假牙戴好，慢腾腾地穿上外套。

"究竟能说明什么，早晚大家都会知道。"牙医不痛不痒地说。他朝窗外扫了一眼，天空阴沉沉的。他又接着说："你看是不是等雨停了再走。"

本哈民先生把雨伞挎在胳臂上。"店铺里没人。"说着，他看了看阴云密布的天空，拿起草帽，告辞出来了。

"别这么想,阿乌雷列奥,"走到门口时本哈民先生说,"谁也不会因为你给镇长拔了牙,就说你是胆小鬼。"

"既然如此,"牙医说,"请你等一等!"

他走到门口,递给本哈民先生一张叠着的纸。

"你先看看,再传给别人。"

本哈民先生用不着打开纸片就知道上面写的是什么。他张着嘴瞧着那张纸。

"还在干?"

牙医点了点头,站在门口,一直等到本哈民先生离开镶牙铺。

十二点整,牙医的老婆招呼他吃午饭。二十岁的女儿安赫拉正在餐厅里补袜子。餐厅里家具不多,似乎都是从旧货摊上买来的,显得有点寒碜。在通向院子的走道的木头栏杆上放着一排红色的花盆,里边种着各种药草。

"可怜的小本哈民,"牙医在圆桌旁坐下的时候说,"他也在惦记着匿名帖哪。"

"大家都悬着个心。"他老婆说。

"托瓦尔家姐妹几个要搬走了。"安赫拉插嘴说。

牙医的老婆拿过盘子给大家盛汤。"她们匆匆忙忙地在变卖东西。"她说。热汤的香味扑鼻而来,牙医觉得他老婆真是多余操心。

"会回来的,"他说,"丢脸的事说忘就忘。"

他舀起一匙汤,吹了吹,想听听女儿有什么见解。女儿和他一样干瘦干瘦的,但她的眼睛很有光彩。她没有再谈这件事,转了个话题谈起马戏团。她说,有一个男人用锯把他妻子锯成两半,一个侏儒把脑袋放在狮子的血盆大口里唱歌,还有一个演员在插满尖刀的平台上一连翻了三个跟头。牙医一声不响地边吃饭边听她讲。最后他说,要是晚上不下雨,全家一块儿去看马戏。

牙医在卧室里挂上吊床,准备睡午觉。他发现虽然他提出全家一块儿去看马戏,他老婆还是照样闷闷不乐。她说,如果有人给她贴匿名帖,她也打算离开这儿。

牙医听了这番话,并不感到出乎意料。他说:"从前他们用枪子儿也没把咱们赶走,现在在门上贴张纸就把咱们撵跑了,这不成了笑话吗?"他脱掉鞋,穿着袜子躺在吊床上,安慰她说:

"别担心,不会有人给你贴匿名帖的。"

"他们才不管是谁呢。"女人说。

"那得看怎么说了,"牙医说,"他们知道,对付我得用别的招。"

女人躺在床上,脸上露出疲倦的神情。

"知道是谁贴的就好了。"

"谁贴的谁知道。"牙医说。

镇长经常是几天几天的不吃饭。原因很简单,他把吃饭这件事给忘了。要说他的活动，有时候他也真是忙得不可开交，可又不是老这么忙，很多时候却又闲得无聊，在镇上东走走西看看，或者把自己关在那间装了钢板的办公室里，也不知道日子是怎样打发过去的。他总是孤零零的一个人，老是待在一个地方，没有什么特殊的爱好，从来没有按一般人的习惯生活过，只有饿得实在顶不住了，才到饭店里随便吃点什么。

那天，他和阿尔卡迪奥法官共进午餐。整个下午他们都在一起，直到办完卖土地的手续。请来的行家估好了地价。临时任命的检察官只干了两个小时就没事了。四点钟刚过，他们走进台球厅，两个人好像是为了前程奔波，刚刚长途跋涉归来似的。

"总算完事了。"镇长挥了挥手说。

阿尔卡迪奥法官没有搭腔。镇长看到他在柜台那里找凳子，便递给他一片止痛片。

"来杯水。"镇长对堂罗克说。

"来杯冰镇啤酒吧。"阿尔卡迪奥法官提出自己的要求，说完把头耷拉在柜台上。

"那就来一杯冰镇啤酒。"镇长改口道。他把钱撂在柜台上，又说："这个钱是他挣来的，干起活可真像个男子汉。"

阿尔卡迪奥法官喝完啤酒，用手指揉了揉头皮。台球厅里洋溢着一派节日气氛，人们正等着看马戏团打这儿路过。

镇长从台球厅望出去，正好看见马戏团走来。乐队敲锣打鼓，先是一个身穿银白色衣服的姑娘骑着一头矮象走过去，象的耳朵和芋头叶一样。后面是几个小丑和杂技演员。雨过天晴，黄昏像水洗过似的。在落日余晖的照射下，天又热起来了。音乐声戛然停止，一个男人踩着高跷出来报幕。全镇居民不声不响地仿佛从地底下一拥而出，走上街头。

安赫尔神父从书房里看见马戏团打门口经过。他随着音乐的节奏摇晃着脑袋。童年时代的欢快心情复苏了。从吃晚饭直到入夜时分，这种情绪一直伴随着他。直到他查看了哪些人进入电影院，然后独自回到卧室的时候，这种情绪才消失。晚祷之后，他痴痴地坐在藤摇椅上，甚至没有听到九点的钟声，也不知道电影院的高音喇叭什么时候停下来的。只有一只癞蛤蟆在呱呱鸣叫。他从摇椅上站起来，走到写字台前，给镇长写了一个呈文。

应马戏团老板的邀请，镇长在荣誉席上落座观看节目。开始表演的是吊杆，后来出来几个小丑。接着，卡桑德拉出场了。她穿着一件黑丝绒衣服，蒙着眼睛，表演的节目是猜观众在想什么。镇长赶紧溜走了。他在镇上做了例行的巡逻后，十点钟来到警察局。一封字迹工整的信函正在等着他拆阅。这是安赫尔神父的呈义。神父如此正经八百地提出要求，倒叫镇长大吃一惊。

镇长叩门的时候，安赫尔神父正在脱衣服。"好家伙，"这位堂区神父说，"他来得这么快，真没想到。"镇长还没进门，神父就听出是他来了。

"我很高兴能当面答复您的信件。"镇长笑容满面地说。

他把帽子一甩,扔到藤摇椅上,帽子像唱片似的打了几个滚。柜子下面有几瓶汽水,放在一个小盆里,用冷水冰着。安赫尔神父拿出一瓶。

"喝瓶柠檬汁吗?"

镇长同意了。

"打扰您了,"堂区神父开门见山地说,"您对匿名帖这样漠不关心,我很担忧。"

看见神父讲话的样子,人们或许以为他在开玩笑,但镇长完全当正经话听。他心里想,为什么安赫尔神父对匿名帖竟会担心到这种地步,实在令人莫名其妙。

"您也惦记着这件事,神父,这可有点怪了。"

安赫尔神父在桌子的抽屉里翻腾着,找开瓶的起子。

"我担心的并不是匿名帖本身,"找不到起子,瓶子打不开,神父不知如何是好,"我担心的是……怎么说呢……这里面有某种不公道的东西。"

镇长从神父手里夺过瓶子,用靴子上的马蹄铁起下瓶盖,他左手的动作十分熟练,安赫尔神父不得不佩服。镇长用舌头舔了舔流到瓶颈上的泡沫。

"这种私生活的事,"他开了头,一时又想不出个主意,"说真的,神父,我还真不知道怎么办哪。"

神父走到写字台旁。"您应该知道怎么办，"他说，"不管怎么说，这对您并不是什么新鲜事。"他用茫然的目光扫视了一下周围，又换了一种口气说：

"礼拜天之前得采取点行动。"

"今天是礼拜四。"镇长说。

"我知道今天是礼拜几。"神父回答道。他暗自鼓了鼓劲，又接着说："也许您还来得及尽到自己的职责。"

镇长使劲地攥住汽水瓶，好像要把它拧弯似的。安赫尔神父看见他从屋子这头走到那头，步履矫健，神情潇洒，一点也不像个中年人的样子。神父确实有些自惭形秽了。

"您看，"神父重申了自己的看法，"这也不是什么百年不遇的事。"

钟声响了十一下。最后一声回音消逝了。镇长两手撑在桌面上，朝神父俯下身来。他的脸上流露出一种强忍住的忧虑神情，说话的声音也透露出这种情绪。

"您看，神父，"他开口了，"眼下镇上平安无事，人们开始相信政府了。现在要是为这种区区小事动用武力，冒的风险可就太大了。"

神父点头表示同意，但又进一步解释说：

"我的意思是，采取点一般的行政措施。"

"不管怎么说吧，"镇长的态度丝毫没有改变，"我一定考虑一下现在的情况。您知道,我那里有六名警察,整天待在警察局,光拿钱不干事,想换也换不掉。"

"我知道,"安赫尔神父说,"这也不能怪您。"

"现在,"镇长没有答理神父的插话,仍然急切地说,"三名警察是普通刑事犯,从监狱里提出来冒充警察的,这件事对谁都不是秘密。情况就是这样。我可不敢冒险让他们上街抓人。"

安赫尔神父摊开两手。

"当然,当然,"他连声表示同意,"他们当然不能算数。不过,比如说,您为什么不动用良民百姓呢?"

镇长直起身子,一口一口毫无滋味地呷着瓶子里的汽水。他的前胸后背全都浸满了汗水。他说:

"您不是说过吗,那些良民百姓看到匿名帖,都要快活死了。"

"并不是所有的人。"

"再说,为了这点微不足道的事,不值得兴师动众。我这是跟您说实话,神父,"镇长和和气气地说,"直到今天晚上我还没有想过,这件事和您、和我究竟有什么关系。"

安赫尔神父慈祥地答道:"关系呢,总还是有一点。"前一天在阿希斯寡妇家吃午饭的时候,神父就开始在脑子里酝酿一套布道辞。现在为了说服镇长,他掏出了几句考虑成熟的话。

"也许可以这样说,"他最后说,"这是道德方面的恐怖主义。"

镇长坦然一笑。"好了,好了,"他打断神父的话,"这些破烂

纸用不着提到哲学的高度,神父。"他把没喝完的汽水瓶放在桌子上,态度和蔼地让步道:

"既然您把事情看得这么重,那我一定好好想想,看怎么办好。"

安赫尔神父对镇长表示感谢。他说,礼拜天为了匿名帖揪着个心走上布道坛,可不是件轻松的事。镇长本想请神父再多解释几句,但他发觉时间太晚了,又让堂区神父熬夜了。

军鼓像昔日的鬼怪一样又被抬了出来。上午十点钟,在台球厅对面擂起军鼓。鼓声惊动了全镇居民,大家连忙侧耳细听。直到最后咚咚咚连敲三下,鼓声戛然而止。愁云又笼罩在小镇上。

"死神!"蒙铁尔寡妇看到人们打开门窗,从四面八方涌向广场,大声喊道,"死神来了!"

她定了定神,拉开阳台上的帘子,只见人群围在一个准备宣读告示的警察周围。广场上鸦雀无声,警察用不着抬高嗓门。蒙铁尔寡妇用手拢住耳朵仔细听,半天只听明白了两个字。

家里也没人给她讲一讲。按照官方的惯例,告示宣读完毕,新秩序就算建立起来了。她问谁,谁都说没听清楚。厨娘看见她面色苍白,吓了一跳。

"告示都说些什么?"

"我正在打听呢,谁都说不知道。事情是明摆着的,"寡妇说,

"自开天辟地以来,好事从来不上告示。"

于是,厨娘到大街上去打听,回来以后把详情一五一十地告诉了她。从当天晚上起恢复宵禁,什么时候宵禁的起因消除了,才能解禁。从晚八点到第二天凌晨五点,任何人没有镇长签名盖章的通行证不得上街。警察奉命不管在街上遇到什么人,连喊三声"站住",不站住可以开枪。镇长亲自挑选老百姓参加巡逻队,以配合警方夜间值勤。

蒙铁尔寡妇一下一下地咬着手指甲,问为什么要这样做。

"告示上没有写,"厨娘答道,"可大家都说是为了匿名帖的事。"

"我早就料到了,"寡妇惊恐不安地嚷道,"死神要在镇上作祟了。"

她一面派人去叫卡米查埃尔先生,一面派人从库房里取出那只钉着铜钉的皮箱,拿到她的卧室来。这种安排并非出于一时冲动,而是经过长时间的考虑。皮箱是何塞·蒙铁尔去世前一年出远门(他一生当中就外出旅行过这么一次)时买的。蒙铁尔寡妇从衣柜里拿出几件衣服、内衣和几双鞋子,整理好放在箱子底。她一面收拾东西,一面想,那种梦寐以求的宁静生活该有多么安适。她要远离这个镇子,离开这个家,找一间有壁炉和花坛的房子住。在那里种点牛至草,她可以尽情地怀念何塞·蒙铁尔,可以一心一意地盼望每礼拜一下午收到女儿们的来信。

她收拾好必要的衣服，把剪刀、橡皮膏、一小瓶碘酒和针线装在皮匣子里，把念珠和经书装进鞋盒。就这样，她已经担心所带的东西是不是超过了上帝的允许。最后，她把圣拉法埃尔的石膏像塞进一只袜筒里，小心翼翼地放在衣服中间，锁上了箱子。

卡米查埃尔先生走进屋门，看见她穿戴得十分简朴。这一天，卡米查埃尔先生没有带雨伞。这仿佛是一种预兆，但寡妇没有注意到这一点。她从衣兜里掏出家中所有的钥匙，每把钥匙上都拴着一张用打字机打好的小纸签，标明是开哪个门的。她把钥匙交给卡米查埃尔先生说：

"我把何塞·蒙铁尔这份罪孽深重的家当全都交给您。您爱怎么处置就怎么处置！"

长期以来，卡米查埃尔先生一直担心早晚会有这么一天。

"这就是说，"他试探着，"您想到别处去，过了这阵子再回来。"

寡妇用平静而果断的声音说：

"我永远不回来了。"

卡米查埃尔先生没有露出慌张的神色，他向寡妇分析了一下情况。何塞·蒙铁尔的遗产还没有清点完，许多以不同方式获得的财产还没有来得及办手续，其合法地位尚不确定。不把这部分混乱的财产——何塞·蒙铁尔去世前几年连个大概的数也没有——清理完，就无法解决继承问题。寡妇在德国当领事的大儿子和那两位留恋巴黎花天酒地的生活的女儿必须回来一趟，商定他们应该享受什么权利，不然就得请代理人来代办。在这以前，什么也不能变卖。

两年前，卡米查埃尔先生就提出了一套迷魂阵似的手续，两年来蒙铁尔寡妇一直陷在阵里走不出来。但这一次未能打动她。

"没关系，"她固执地说，"我的孩子在欧洲过得很幸福。正像他们说的，在这个野蛮的国度里什么也干不成。卡米查埃尔先生，要不您把这所房子里所有的东西捆成一卷，扔到猪圈喂猪算了。"

卡米查埃尔先生没有顶撞她。他说，要出远门还得准备准备，说完就出门找大夫去了。

"好吧，瓜迪奥拉，你的爱国主义究竟是什么玩意儿，让我们见识见识吧！"

镇长还没有走进理发馆的大门，理发师和在里面聊天的几个人就听出是他来了。"还有你们俩，"镇长指着两个年轻人说，"你们不是整天想着要枪吗，今天晚上就发给你们。看看你们会不会忘恩负义，掉过枪口来打我们。"听上去，镇长说话的口吻还是挺和气的。

"还是给把扫帚吧，"理发师回了他一句，"抓巫婆，扫帚比什么枪都顶用。"

理发师正在给今天上午第一位上门的顾客刮后脖梗，连看也没看镇长一眼。镇长说的话，他压根儿没当真。直到镇长查问这些人里谁是预备役军人，谁会打枪，他才明白自己也被选中了。

"真的让我们去摆弄这玩意儿吗，中尉？"他问。

"啊，他妈的，"镇长回答说，"你们整天嘀嘀咕咕地说要枪，现在给枪了，你们又不信。"

镇长站在理发师身后，从镜子里可以看到全屋的人。"说正经的，"他改变了口气，下命令说，"今天下午六点钟，一级预备役军人到警察局报到。"在镜子里，理发师的目光正好和他的目光相遇。

"我要是得了肺炎呢？"理发师问。

"那就到监狱里去治。"镇长答道。

台球厅的留声机又在放一支伤感的歌曲，放着放着走了调。屋里空无一人，几张桌子上还摆着没喝完的瓶子和杯子。

"现在可倒好，"堂罗克看见镇长走进来说，"什么都完了。七点钟一定得关门。"

镇长一直走到台球厅的里边，赌牌的几张桌子也空着。他打开厕所门，又看了看库房，然后回到柜台。走过球台时，他突然把台布掀起来，说：

"好了，别装蒜了。"

两个青年人从台子底下钻出来，掸了掸裤子上的尘土。一个人面色苍白，另外那个年轻一点的，满脸通红，一直红到耳朵根。镇长轻轻把他们推到门口的桌子旁边。

"看起来，你们已经知道了，"镇长对他们说，"下午六点钟，到警察局报到。"

堂罗克站在柜台后面没出来。

"这么干，"他说，"八成是要抓走私吧。"

"也就两三天吧。"镇长说。

电影院老板在大街拐角的地方追上了镇长。"怎么又来了这么一招啊。"他大声嚷道，"敲十二下钟就够呛了，现在怎么又吹起号来了。"镇长轻轻地拍了拍他的肩膀，打算扬长而去。

"我要把电影院没收。"他说。

"不行，"老板顶撞道，"电影院不是公共事业。"

"在宵禁状态下，"镇长说，"电影院也可以被宣布为公共事业。"

他收起了笑容，三步并作两步地跑上警察局的楼梯。上了二楼，他伸开两臂，又笑了起来。

"臭狗屎，"他喊道，"您也来了？"

马戏团老板躺在一把折叠椅上悠悠自得，活像东方的君主。他出神地叼着一只水手烟斗，像在自己家里一样，示意镇长坐下。

"咱们来谈谈生意吧，中尉。"

镇长拉过一把椅子，坐在他的对面。老板那只戴着五光十色的宝石的手托着烟斗，做了一个莫名其妙的手势。

"可不可以开诚布公地谈谈?"

镇长挥了一下手,表示可以。

"自从看见您刮脸的那天起,我就了解您的为人了,"老板说,"这么说吧,我这个人是很有眼力的。我知道,这次宵禁对您来说……"

镇长打量着他,脸上露出了寻开心的神态。

"……可是对我来说,我花了钱安好场子,还要养活十七个人、九头驯兽,这简直是一场灾难。"

"那又怎么样呢?"

"我提议,"老板说,"十一点开始宵禁,夜场的进项咱俩平分。"

镇长满面含笑地坐在椅子上,没有挪动一下。

"想必您已经在镇上打听过了,"他说,"有人告诉您,说我是强盗。这种事,用不着费多大劲儿就能打听到。"

"我说的是正经的生意。"老板抗议说。

老板没有留神,不知什么时候镇长拉下了脸。

"礼拜一再说吧。"中尉不置可否地说。

"到礼拜一,我肚子都得饿瘪了,"老板顶撞道,"我们是穷人哪。"

镇长轻轻地拍拍马戏团老板的后背,把他推到楼梯口。"别跟我叫苦了,"他说,"这种事我清楚。"两人站在楼梯前,镇长用安慰的口吻说：

"今天晚上叫卡桑德拉到我这儿来一趟。"

老板想转过身去，但背上那只手使劲扳住他。

"当然可以，"老板说，"咱先不谈这个事。"

"叫她来，"镇长坚持道，"有事明天再谈。"

本哈民先生用手指尖推开纱门，但是没有走进去。他憋着一肚子的气，大声道：

"窗户，诺拉。"

诺拉·德哈科夫是个中年妇女，身材高大，头发剪得像个男人。她躺在昏暗的房间里，对着电风扇，正等着本哈民先生来吃午饭。听到喊声，她吃力地站起身来，打开临街的四扇窗户。一股热气冲了进来。屋里的地面上墁着花砖，每块砖上都画着一只模样相同的孔雀，家具上蒙着花布。房间的装饰给人一种愈穷愈讲究的印象。

"大家议论的事是真的吗？"她问。

"议论的事多着呢。"

"比如蒙铁尔寡妇，"诺拉·德哈科夫进一步说，"人们都说她又疯了。"

"依我看，她早就疯了。"本哈民先生说，随后又没好气地加上一句："是这么回事，今天上午，她要从阳台上跳楼自杀。"

饭桌的两头各摆一份餐具,从大街上看得一清二楚。"这是上帝降罪啊。"诺拉·德哈科夫说着拍了拍手,叫用人上菜。她把电风扇挪到餐厅里。

"从今天上午起,她家里满屋子都是人。"本哈民先生说。

"这倒是个好机会,可以从内里看看这个老太婆。"诺拉·德哈科夫答道。

一个头上扎着红缎带发结的黑人小姑娘把热汤端到桌上。餐厅里顿时弥漫着一股鸡肉的香味,屋里热得令人难以忍受。本哈民先生把餐巾掖进衣领说:"祝你健康。"他拿起勺子想喝口热汤。

"吹一吹,傻瓜,"诺拉·德哈科夫不耐烦地说,"还不把上衣脱掉。你这种不开窗户不进屋的毛病都要把人热死了。"

"现在更得让窗子大敞四开了,"他说,"免得人家说,从大街上看不见我在你家里干些什么。"

本哈民先生得意地笑了笑。诺拉·德哈科夫看见他露出了像火漆一样鲜红的牙床。"别出洋相了,"她喊起来,"人家爱说什么就说什么,我不在乎。"热汤可以喝了。他们一边喝汤一边断断续续地拉家常。

"我倒是担心人家议论莫尼卡。"她指的是她十五岁的女儿。自从上中学以后,莫尼卡还没回来度过假。"在十天,议论来议论去无非是那些人们早就知道的事。"

这一回,本哈民先生没有像往常那样向她投去不赞同的目光。

143

他们默默地喝着汤,两个人之间隔着一张两米长的桌子,这是他规定的最短距离,特别是在公开场合。二十年前,她在中学读书的时候,本哈民先生给她写过几封长长的情书,她也总是热情地回信。有一次假期到农村野营,奈斯托尔·哈科夫喝得醉醺醺的。他抓住诺拉的头发,把她拽到院子的一个角落里说:"你要不和我结婚,我就毙了你。"毫无商量的余地。假期一完,他们结了婚,十年后又分居了。

"说来说去,"本哈民先生说,"还是别关上门,免得让人家胡乱猜想。"

喝完咖啡,他站起身来说:"我走了,米娜该等急了。"走到门口,他戴上帽子,高声说道:

"这屋里像着了火一样。"

"我不是一直这么说嘛!"她说。

本哈民先生走到最后一个窗子口,转过身来向她表示祝福。诺拉·德哈科夫看到本哈民先生告辞走了,把电风扇拿进卧室,关上门,脱光衣服,然后,和每天午饭后一样,走进浴室,坐在抽水马桶上独自一人想心事。

每天她都看到奈斯托尔·哈科夫从她门口走过四次。大家都知道,他现在和另外一个女人同居,有了四个孩子,人们把他看作一位模范父亲。近年来,有好几次他带着孩子从她门口走过,但是从来没和他的女人一起来过。她看到他消瘦了,苍老了,面无血色，成了一个陌生人，过去那种恩爱关系已不堪回首。有时候，她独自一人睡午觉，也曾热切地怀念过他，只不过不是他现在这副样子，而是在莫尼卡出世之前的样子。当时他们相爱时间不算长，但是感情如胶似漆，没有闹过别扭。

阿尔卡迪奥法官一直睡到正午才起床。他到了办公室才听说告示的事。他的秘书呢，从早晨八点镇长让他起草告示起，就一直惶惶不安。

"不管怎么说，"阿尔卡迪奥法官知道了详情以后，思忖了一下说，"措辞太激烈了。没有这个必要。"

"法令总是这样。"

"那倒是，"法官表示同意，"不过情况变了嘛，措辞也应该改变。说不定会把人们吓坏的。"

后来到台球厅打牌的时候，他发现人们主要的情绪不是害怕。倒不如说，大家有一种集体的胜利感，因为看到一切都恢复了老样子。阿尔卡迪奥法官离开台球厅的时候，迎面碰上了镇长。

"看起来，对付匿名帖不值得这样搞，"他对镇长说，"人们都在看笑话呢。"

镇长抓住他的胳臂说："我们不是跟老百姓作对。这叫作例行公事。"这样边走边谈，阿尔卡迪奥法官实在有些吃不消。镇长像要办什么急事似的，大步流星地往前赶，走了半天还不知道要上哪儿去呢。

"这种状况不会延续一辈子的,"镇长接着说,"从现在起到礼拜天,我们一定把那个贴匿名帖的小丑关起来。不知为什么,我猜准是个女的。"

阿尔卡迪奥法官不以为然。秘书汇报的时候,他吊儿郎当的没用心听,不过大体上也有一个看法:匿名帖不是一个人贴的,也不像有什么统一的计划。最近几天又出现了新花样:在匿名帖上画漫画。

"可能不是一个男人也不是一个女人干的,"阿尔卡迪奥法官最后说,"八成是几个男人和女人干的,而且是各搞各的。"

"别把事情弄得太复杂了,法官,"镇长说,"您应该知道,不论什么事,虽然参与的人可能很多,可罪魁祸首只有一个。"

"这话是亚里士多德说的,中尉。"阿尔卡迪奥法官回答道。他蛮有把握地加上这么一句:"总而言之,我看现在采取的措施是荒唐的。贴匿名帖的人干脆往旁边一躲,等到宵禁一结束,就万事大吉了。"

"不要紧,"镇长说,"说到底,总要维护权威的原则嘛。"

招募来的人开始在警察局集合。小院四周围着高大的水泥墙,墙上血迹斑斑,弹痕累累,让人想起了过去的岁月。当时,监狱里容不下那么多人,犯人只好待在露天的地方。当天下午,那几名被解除武装的警察穿着短裤在走廊里来回闲溜达。

"罗维拉，"镇长在门口叫道，"给小伙子们弄点喝的。"

警察罗维拉穿上衣服。

"甘蔗酒？"他问。

"少跟我装疯卖傻。"镇长大声说道。他一边朝他那间装了钢板的办公室走去，一边说："弄点冷饮。"

招募来的人坐在院子里吸烟。阿尔卡迪奥法官从二楼的栏杆处看着他们。

"是自愿来的吗？"

"想得倒好，"镇长说，"我从床底下把他们拉出来的，像抓壮丁似的。"

法官看了看，全是熟面孔。

"好像是给反对派招兵买马嘛。"

办公室沉重的铁门一打开，从里面冒出一股凉气。"您是说，他们全是打架斗殴的好手。"镇长打开这座私人碉堡里的电灯之后微笑着说。屋子的一头摆着一张行军床，床底下放着一个便盆。凳子上有一个玻璃罐，上面扣着一只杯子。几支步枪和冲锋枪斜靠在光秃秃的水泥墙上。屋里唯一的通风口是开在高处的几扇窄小的天窗。从天窗可以俯瞰整个港口和两条主要的街道。屋子的另一头是办公桌和保险柜。

这是镇长亲自布置的。

"没什么了不起的，"他说，"我要给他们每人发一支枪。"

罗维拉尾随着他们走进来。镇长给他几张钞票说："再发给他们每人两包烟。"等罗维拉出去以后，他又对阿尔卡迪奥法官说：

"您看这事办得怎么样？"

法官心事重重地回答道：

"一次无谓的冒险。"

"老百姓一定会吓得目瞪口呆，"镇长说，"另外照我看，这些穷小子拿着枪也不会摆弄。"

"也许一开始他们会不知所措，"法官表示同意，"不过这种情况长不了。"

法官饿得肚子咕咕直叫，他尽力忍耐。"您要多加小心，中尉，"他边想边说，"别落得个鸡飞蛋打。"镇长做了个莫名其妙的手势，把法官拉出了办公室。

"不必担心，法官，"他伏在法官的耳朵上说，"他们拿到的都是放烟火用的子弹。"

镇长和法官下楼出来，院子里已是灯火通明。招募来的人正在肮脏的电灯下喝汽水，大麻蝇一个劲儿往灯泡上撞。雨后，院子里有几处水洼。镇长从院子的这头走到那头，用长者的口吻向大家交代今晚的任务：两人一组在各个主要街角站岗。只要有人走过，不管是男是女，叫三声就得站住，不站住就开枪。他要求大家既要勇敢又要慎重。过了半夜，会有人给他们送夜宵。镇长最后表示，愿上帝保佑一切顺利，并希望全镇居民体谅政府为保持社会安定所做的这番努力。

钟楼上响起八点的钟声，安赫尔神父从桌旁站起来。他关掉院子里的电灯，上好门闩，在经书上画了个十字，嘴里念叨着"以主的名义"。远处的院子里，石鹬鸟在歌唱。阿希斯寡妇坐在走廊上一边乘凉一边打盹，旁边的鸟笼子全用黑布罩住。听到第二下钟声敲响，她没睁开眼就连忙问道："罗贝托回来了吗？"一个女仆蜷缩在门洞里回答说，罗贝托七点钟就躺下了。在这之前几分钟，诺拉·德哈科夫把收音机的声音放低，陶醉在一首从某个舒适洁净的地方传来的轻音乐中，乐声如此遥远，仿佛若有若无地呼唤着某个人的名字。镇上的狗汪汪叫起来。

牙医还没听完新闻，忽然想起安赫拉仍在院子里的小灯下猜字谜，他连看也没看，就喊道："关上大门，到屋里来猜。"他的妻子被惊醒了。

罗贝托·阿希斯是在七点钟躺下的。这时候，他站起身来，从半掩着的窗户朝广场张望了一下。广场上只有一片黑黢黢的杏树，蒙铁尔寡妇家阳台上的灯最后也灭了。罗贝托·阿希斯的妻子打开床头灯，压低声音要他赶快躺下。只孤零零的狗还在叫，直到钟楼响过第五下钟声，它才停下来。

堂拉洛·莫斯科特肚子上摊着一张报纸，前额上架着眼镜，在闷热的房间里呼呼地打鼾。房间里堆满了空铁罐和落满灰尘的小药瓶。他那位瘫痪的妻子用一块破布驱赶着蚊子，默默地计算着时间，想起过去也曾有像今天一样气氛紧张的夜晚，不禁浑身发抖。远处的人声、狗吠声和悄悄的跑步声消逝了，镇上笼罩着一片沉寂。

"别忘了把可拉明放进去。"希拉尔多大夫嘱咐妻子说。睡觉之前，他的妻子把急救药品放进小药箱里。他们俩还在惦记着蒙铁尔寡妇。服用了最后一剂鲁米那之后，寡妇硬挺挺的像个死人。堂萨瓦斯刚和卡米查埃尔先生进行了一番长谈，谈得把时间都忘了。钟声响到第七下的时候，他还在办公室里用天平称第二天的早餐。他的妻子披头散发地从卧室里跑出来。河水停滞不流了。"唉，今天晚上啊……"黑暗中有人低声说。这时候，第八下钟声敲响了，低沉的声音在小镇上空弥漫开来。十五秒钟前仿佛有什么东西在冒火花，现在完全熄灭了。

宵禁的号声响过以后，希拉尔多大夫合上书。他的妻子把小药箱放在床头柜上，脸冲着墙躺下，关了灯。大夫又把书打开，但是没有看下去。夫妻俩有节奏地喘着气。万籁俱寂的小镇似乎缩小了，缩到只有卧室那么大，全镇仿佛只剩下他们两个人。

"想什么呢？"

"什么也没想。"大夫回答说。

直到十一点钟，大夫的精神仍旧集中不起来。手上的书还是八点钟看的那一页。他把这页折起一个角，将书放在床头柜上。

妻子已经睡着了。想想过去每逢宵禁，他们俩总是睁着眼守到天亮，侧耳细听什么地方枪响，有什么情况。有几次听见皮靴的橐橐声和武器的铿锵声一直响到自家门前。他们坐在床上，等着一阵冰雹般的子弹把门打烂。再往后，他们学会了分辨各种恐怖活动的动静。很多个晚上，他们把准备分发的秘密传单塞进枕头里，头靠着枕头彻夜不眠。一天清晨，诊所的大门对面响起了拉动枪栓的咔咔声。过了一会儿，只听镇长用疲乏的声音说："这儿用不着。这个家伙不会参与什么活动的。"希拉尔多大夫赶忙关上灯，躺下睡觉。

后半夜又下起小雨。守在码头一角的理发师和另外一个人离开岗位，到本哈民先生店铺的房檐下避雨。理发师点燃一支香烟，借着火柴的光亮打量了一下枪支。枪是新的。

"美国制造。"他说。

另外那个人划亮了几根火柴，想看看他那支卡宾枪的牌号，可是没有找到。一滴水从房檐上落下来，啪嗒一声掉在枪托上。"今天这事可真是怪，"他低声说着，用袖子擦干枪托，"发给咱们一人一支枪，叫咱们在雨底下挨浇。"在黑咕隆咚的小镇上，只听见房檐上雨水的滴答声。

"咱们是九个人，"理发师说，"他们呢，包括镇长在内是七个人，有三个人还待在警察局。"

"刚才我也这么想来着。"另外那个人说。

蓦地，镇长用手电筒照在他们身上，只见他们蹲在墙根，用身子护住枪，房檐的水滴像小铅弹一样在他们的鞋上迸溅开来。镇长认出了他们，把手电筒关掉，钻到屋檐下面。他身穿一件军用雨衣，武装带上挂着一支冲锋枪，身边带了一名警察。他看了看右手上的手表，命令警察说：

"你到警察局去一趟，看看夜宵怎么样了。"

他说话很用力，像下作战命令一样。警察消失在迷蒙的雨中。镇长挨着招募来的人坐在地上。

"有事吗？"他问。

"没事。"理发师说。

另外那个人递给镇长一支香烟，镇长没要。那人给自己点上了一支。

"您要我们干到什么时候为止啊，中尉？"

"谁知道啊，"镇长说，"眼下只能说等到宵禁结束。明天再说明天的。"

"得等到五点！"理发师喊道。

"好家伙！"另外那个人说，"我从今天早上四点钟起就一直站着。"

透过淅淅沥沥的雨声传来了一群狗的乱吠。后来，只剩下一只狗还在一声一声地叫。这时候，镇长才无精打采地冲着那名招募来的人说：

"有话尽管跟我说,这种事我干了半辈子了。我真有点困啦。"

"有什么用,"理发师说,"这种干法根本不对头。老娘儿们才这么干呢。"

"我也开始琢磨这件事。"镇长叹了口气。

警察回来报告说,等雨一停,马上就送夜宵来,又说,抓住了一个没有通行证的女人,她在警察局等候镇长。

这个女人是卡桑德拉。在阳台昏暗的灯光照射下,屋里显得暗幽幽的。卡桑德拉盖着一块油布躺在折叠椅上睡觉。镇长用拇指和食指捏住她的鼻子。她哼了一声,使劲地摇了摇头,睁开眼睛。

"我正做梦呢。"她说。

镇长打开屋里的灯。卡桑德拉用手捂住眼睛,嘟嘟囔囔地扭过身去。镇长看见她那银白色的指甲和光溜溜的胳肢窝,心中不觉一动。

"您可真沉得住气,"她说,"我十一点就来了。"

"我以为你在我的住处等我呢。"镇长抱歉地说。

"我不是没有通行证吗?"

两天前她的头发是古铜色的,现在变成了银灰色。"这事怨我,是我疏忽了。"镇长笑了笑,挂好雨衣,坐在她身旁的椅子上。"但愿他们没把你当作贴匿名帖的。"这时候,卡桑德拉又变得嘻嘻哈哈了。

"但愿他们这么以为，"她回答说，"我就爱看人一惊一乍的。"

镇长突然显得有点神不守舍的样子。他把指关节弄得咔咔响，低声下气地说："我需要你帮个忙。"她察言观色地看了他一眼。

"这件事只有你知我知，"镇长接着说，"你拿牌算一算，能不能找出谁贴的匿名帖。"

她把脸转向一边。"明白了。"她稍微沉吟了一下说。镇长催促道：

"说来说去，这也是为你们好。"

她点了点头。

"我已经算过了。"她说。

镇长几乎掩饰不住焦急的心情。"这个卦很怪，"卡桑德拉装腔作势地继续说，"卦上说得十分明白。往桌子上一摆，吓了我一大跳。"她连喘气都显得很紧张。

"是谁？"

"不是哪一个人，全镇的人都有份。"

礼拜天，阿希斯寡妇的几个儿子回到镇上来望弥撒。除了罗贝托·阿希斯之外，还有弟兄七个。这七个人仿佛是一个模子里出来的：个个五大三粗，干起重活来像骡子一样。妈妈说什么，他们听什么。罗贝托·阿希斯年岁最小，却只有他成家了。他和几个哥哥唯有一点长得像——鼻梁高高耸起。他身子骨单薄，举止文雅，像个女孩子。阿希斯寡妇老盼着生个女儿，有这么个儿子，好歹也算是一种安慰吧。

阿希斯家的七兄弟把牲口驮来的东西卸在厨房里，有绑着腿的小鸡、青菜、奶酪、红糖、咸肉，堆了一地。阿希斯寡妇在这堆东西中间走来走去，给女仆们分派活计。厨房里腾出地方以后，她让女仆从每样东西里挑出最好的给安赫尔神父送去。

这位堂区神父正在刮胡子，不时地把手伸到院子里，接点雨水弄湿下巴。快刮完脸的时候，突然闯进来两个赤脚的女孩，连门也没敲。她们把几个熟菠萝、半熟的芭蕉、红糖、奶酪、一篮青菜和新鲜的鸡蛋倒在他面前。

安赫尔神父冲她们挤了挤右眼。"嚯,这可真像是兔子布莱尔[①]在做梦啊!"他说。年纪比较小的那个女孩瞪大眼睛,用食指指着神父说:

"你看,神父也刮胡子!"

另外那个女孩把她拉到大门口。"你原以为怎样?"堂区神父微微一笑,旋即收住笑容道:"我们也是人哪!"说完,他看了看摊在地上的食物,心想只有阿希斯家才拿得出这么多东西。

"去跟小伙子们说,"他几乎喊了起来,"上帝保佑他们身体健康。"

安赫尔神父虽然干了四十年的神职工作,每逢盛典还是控制不住紧张情绪。胡子还没刮完,他就把工具收起来了,然后把食物捡起来,推到放缸的地方,最后走进圣器室,在长袍上擦了擦手。

教堂里坐满了人。阿希斯兄弟几个,还有母亲和弟妹坐在靠近讲坛的两张长靠背椅上。椅子是他们布施给教堂的,每张椅子的小铜牌上都刻着他们的名字。几个月来,他们兄弟几个一直在外面,今天第一次凑到一起上教堂来。看那一身身衣着,人们一

[①] 兔子布莱尔是美国作家乔尔·哈里斯创作的儿童文学经典《雷姆斯大叔》中的主要角色。

定会想他们是骑马来的。大儿子克里斯蒂瓦尔·阿希斯半小时前才从牧场赶回来，连脸都没来得及刮一刮，脚上还穿着马靴马刺。看见这个像半截黑塔似的山民，人们都会相信塞萨尔·蒙特罗的确是老阿达尔贝托·阿希斯的私生子。这件事大家都在公开议论，却从未得到证实。

安赫尔神父在圣器室里碰上一件不顺心的事：做礼拜用的法袍没放在原处。辅祭看见神父慌里慌张地翻箱倒柜，心中暗自责怪自己。

"去叫特莉妮达来，"神父命令说，"问问她把法袍的黑带子放在哪儿了。"

神父忘记了特莉妮达从礼拜六就病倒了。辅祭以为特莉妮达一准是带了些什么活计回家了。安赫尔神父只好穿上主持葬礼时用的法袍。他费了半天劲，精神怎么也集中不起来，走上讲坛时，心情烦躁，呼吸急促，突然发现前几天想好的那些道理似乎没什么分量，不像他独自一人坐在屋里时想得那么有说服力。

安赫尔神父前后讲了十分钟。一些从未有过的杂七杂八的念头在脑海里上下翻腾，弄得他上句不接下句。这时候，他猛然瞥见阿希斯寡妇和环绕在她身边的儿子们。不过，他觉得眼前仿佛摆着一张几百年后的模糊不清的全家福相片。只有蕾薇卡·德阿希斯显得活生生的：手拿着檀香扇，挺着胸脯，真可谓光彩照人。直到布道结束，安赫尔神父也没有直接谈及匿名帖的事。

阿希斯寡妇木呆呆地愣了几分钟。在开始望弥撒时，她心里很烦躁，把结婚戒指摘下来戴上，戴上又摘下来。过了一会儿，她画了个十字，站起来，从中央通道走出教堂。几个儿子乱哄哄地跟在后面。

经过一夜的思索，今天早晨希拉尔多大夫终于明白了人为什么要自杀。蒙蒙细雨还在悄然无声地飘落。邻家的美洲鸟像吹口哨似的叫个不停。大夫在刷牙，他妻子在一边唠叨着。

"礼拜天就是怪，"她摆好桌子准备吃早餐，"闻着总有一股牲口味，好像有谁把礼拜天像牲口一样大卸八块挂起来似的。"

大夫安好自动刮脸刀开始刮脸。他的眼泡发肿，眼睛湿乎乎的。"你又没睡好，"妻子说，然后略带点哭腔道，"过不了几个礼拜天，你一觉醒来就会变成一个老头子了。"她头上堆满发卷，身穿一件破旧的晨衣。

"劳您大驾，"大夫说，"少说两句吧！"

她走到厨房里去，把咖啡壶放在炉子上，一边等着烧开，一边听美洲鸟的啼叫。过了一会儿，听到淋浴声，她便回到屋里，给丈夫拿好衣服，等他从浴室出来穿。把早餐端到桌上时，她看到丈夫已经穿戴整齐准备出门了。穿上那条卡其裤和运动衫，他显得年轻了一些。

吃早饭的时候，两个人一声也没吭。临到快吃完，大夫用亲切的目光端详着妻子。她低着头喝咖啡,身体微微地颤抖,像是在生闷气。

"怨我肝火太旺。"他抱歉地说。

"得了,说什么也盖不住你那臭架子。"她头也没抬地顶了一句。

"我大概是中毒了,"他说,"碰上下雨天,我的肝就出毛病。"

"你老是这么说,"她说,"从来也不治。再不注意,早晚得耽误了。"

他装作信以为真的样子。"十二月份,"他说,"咱们到海边去过半个月。"餐厅和院子之间有道木栅栏。大夫隔着栅栏的菱形格子看了看外面的牛毛细雨。在这漫长的十月里,院子显得格外凄凉。他说:"至少有四个月了吧,还没见过像今天这样的礼拜天呢。"她把盘子摞起来,端到厨房去。等她回到餐厅的时候,大夫已经戴好草帽,正在收拾药箱。

"你是不是说过又看见阿希斯寡妇从教堂里出来?"他说。

这件事是他刷牙之前妻子告诉他的。不过,当时他没注意听。

"今年她去过教堂三次,"她说,"看起来,她找不到别的法子消遣解闷了。"

大夫笑了笑,露出一口整齐的牙齿。

"有钱人全都发疯了。"

几个女人从教堂出来,走进蒙铁尔家,去看望蒙铁尔寡妇。

大夫冲待在客厅里的几位妇女点了点头，走到楼梯拐角处，听到身后一阵轻轻的嬉笑声。他走到卧室门口，听见里面还有其他女人，于是敲了敲门，里面有人说："进来！"

蒙铁尔寡妇披头散发地坐在床上，两手把被单拉到胸前，怀里放着一面镜子和一把牛角梳。

"看样子，您这儿在过节吧！"大夫对她说。

"是十五周年。"一个女人说。

"十八周年。"蒙铁尔寡妇纠正道，脸上露出了一丝苦笑。她又躺下去，把被单一直拉到脖子上。"当然，"她心情愉快地说，"一个男人也没请。只有您是例外，大夫，这可不是个好征兆啊。"

大夫把被雨淋湿的草帽放在小柜上。"做得对，"他暗自高兴地观察着病人，嘴里说着，"看样子，这儿没我的事啦。"随后他转向大家，抱歉地说：

"让我看看好吗？"

屋里只剩下蒙铁尔寡妇和大夫两个人。病人的脸上现出一副痛苦的表情，大夫似乎没有留意。他一边把药箱里的东西掏出来，放在床头柜上，一边愉快地同她拉家常。

"大夫，我求求您，"寡妇恳求说，"别再给我打针了，我的屁股快成筛子底了。"

"这针剂可是个好东西，"大夫微微一笑说，"是医生的饭碗。"

她也笑了。

"我说的是真话,"她隔着被单摸了摸屁股说,"这儿整个都淤血了,连我自己都不敢碰。"

"那就别碰好了。"大夫说。

听了这话,寡妇不由得哈哈大笑起来。

"虽说今天是礼拜天,您还是说点正经的吧,大夫。"

医生把她的袖子卷上去,准备量血压。

"大夫不让我大笑,"她说,"说这对肝不好。"

量血压的时候,寡妇像小孩子一样好奇地看着血压计的水银柱。"我这一辈子见到过不少的表,数这种表最新奇。"她说。大夫全神贯注地看着水银柱,松开了捏住充气球的手。

"这种表每天叫人起床,可准时了。"他说。

量完血压,大夫一面卷血压计的橡皮管,一面仔细地观察病人的气色。他把一瓶白药片放在小桌上,瓶上写着每隔十二小时服一片。"您不是不想打针吗?"他说,"那就不打了。您的身子骨比我还强呢。"寡妇露出很不耐烦的样子。

"我什么病也没有!"

"我也这么说,"大夫回答道,"既然要收您的钱,总得造出点病来。"

寡妇不愿理睬大大这番话,她又问:

"我还要不要躺着呀?"

"照我看,"大夫说,"根本用不着。您下楼到客厅去,照常接待来访的客人。此外，"他狡黠地一笑说，"要谈的事多着呢。"

"看在上帝的面上，大夫，"她高声喊道，"少说两句俏皮话吧。我看，匿名帖准是您贴的！"

这句话把希拉尔多大夫逗笑了。出来的时候，他匆匆地扫了一眼放在卧室一角的钉着黄铜钉的皮箱。那是寡妇准备出门带走的。"等您周游世界回来，"他在门口嚷道，"别忘给我带点东西。"寡妇不慌不忙地开始梳理头发。

"放心吧，大夫。"

寡妇没有下楼到客厅去。她待在床上，直到最后一名客人离去，才穿好衣服。卡米查埃尔先生进来时，看见她正对着半开的阳台门吃饭。

寡妇两眼盯着阳台，随口和卡米查埃尔先生寒暄了一声。"不管怎么说，"她说，"我还是挺喜欢这个女人的，她真勇敢。"卡米查埃尔先生也朝阿希斯寡妇家瞥了一眼。快十一点了，她家的门窗还关得严严实实的。

"本性难移嘛，"卡米查埃尔先生说，"您看她，一辈子只会生男孩，性子也只能是这样。"说着转过脸来对蒙铁尔寡妇补充了一句："您今天可真像一朵玫瑰花。"

好像为了证实这句话，她脸上露出甜蜜的笑容。"有件事您知道吗？"她问。卡米查埃尔先生迟疑了一下，她抢先回答说：

"希拉尔多大夫认为我发疯了。"

"哪里的话。"

寡妇点点头,又说:"也许他和您谈过了,要把我送进疯人院。这我一点也不觉得奇怪。"卡米查埃尔先生真不知怎样摆脱她的纠缠。

"今天一上午我根本没出门。"他说。

说着话,他坐到靠床边那把软皮椅上。寡妇忽然想起何塞·蒙铁尔脑溢血后,临死前十五分钟就坐在那把椅子上。"既然如此,"她不愿意多想这些晦气事,于是说,"今天下午他一定会找你。"她面带笑容地换了个话题继续道:

"您跟萨瓦斯老爹谈过了吗?"

卡米查埃尔先生点了点头,表示谈过了。

的确,礼拜五和礼拜六他多方试探,打算了解一下堂萨瓦斯对变卖何塞·蒙铁尔的遗产有什么反应。堂萨瓦斯这个人城府很深。据卡米查埃尔先生推测,他好像愿意买下来。寡妇耐心地听他说完,然后平心静气地说:"那就下礼拜三办吧。不行,就再下一个礼拜三。"无论如何,十月底之前她一定要离开这个镇。

镇长一伸左手,倏地拔出手枪,浑身肌肉绷得紧紧的,差一点扣动扳机。这时他才完全清醒过来,一看进来的是阿尔卡迪奥法官。

"他奶奶的。"

阿尔卡迪奥法官吓得呆若木鸡。

"以后您少来这一套。"镇长说着话收起了手枪，又一屁股跌坐在帆布椅上，"我睡觉时耳朵特别灵。"

"门没关上。"阿尔卡迪奥法官说。

黎明回来的时候，镇长忘记关门。他实在太累了，往椅子上一坐便呼呼睡着了。

"几点了？"

"快十二点了。"阿尔卡迪奥法官说。

他的声音还有点发抖。

"困死了。"镇长说。

他伸个懒腰，打了个大呵欠，觉得时间仿佛停滞不动似的。尽管他工作勤恳，整夜整夜地不睡觉，匿名帖还是照样出现。就在今天凌晨，他的房间门上也贴了一张："中尉：用枪打兀鹰，白费弹药。"镇长走到大街上，大声地自言自语说，准是参加巡夜的人站岗站腻了，到处贴匿名帖解闷。他心里明白，镇上的老百姓知道这件事一定开心死了。

"别想那些事了，"阿尔卡迪奥法官说，"咱们吃点东西去！"

镇长一点也不饿。他想再睡上一个小时，洗个澡再出门。阿尔卡迪奥法官和镇长正好相反，他精神焕发，身上干干净净的。他在回家吃午饭的路上经过镇长的住处，看见门开着，就走进来，打算跟镇长要一张宵禁后用的通行证。

中尉一口回绝说："不行。"然后又用慈父般的口吻解释道："您最好还是老老实实地待在家里。"

阿尔卡迪奥法官点上了一支香烟，两眼瞅着火柴的火苗，让胸中的怒火平息一下，想顶撞镇长两句，一时又想不出说什么好。

"您别往坏处想，"镇长补充道，"我真巴不得和您换一换，晚上八点躺下睡觉，愿意什么时候起床就什么时候起床。"

"那还用说。"法官回答，然后又用十分明显的讥讽口吻说："我白白活了三十五岁，就缺少一位像您这样的慈父随时关照。"

法官背过身去，像是从阳台上观赏外面阴沉沉的天色。镇长冷冰冰的一声不响。过了一会儿，他斩钉截铁地说："法官！"阿尔卡迪奥法官转过身来，两个人的视线碰到一起。"我就是不发给你通行证，明白吗？"

法官咬了咬香烟，似乎要说什么，又克制住了。镇长听到他脚步迟缓地走下楼去，突然俯下身来喊道：

"法官！"

法官没有回答。

"咱们的交情还在嘛。"镇长喊道。

还是没有回答。

他猫着腰打算听一听阿尔卡迪奥法官有什么反应，只听得法官关上大门。屋里又剩下他一个人了，脑海里翻腾着一些往事，没有一点睡意。大白天他睡不着，觉得自己身陷在这小镇的泥潭里拔不出来。按说，他掌握小镇的命运已经好多年了，但是小镇还是那么陌生，让人捉摸不透。记得那天清晨，他带着一个用绳子捆好的旧纸箱，偷偷在小镇上了岸。上边的命令是不惜一切代价控制住这个小镇。当时他第一次领教了什么叫恐怖。他随身携带的唯一一张护身符是给一个暗藏的亲政府分子的一封信。第二天，他在一家碾米房找到了这个人，只见他穿着衬裤坐在大门口。按照那个人的指点，他和三名花钱雇来的心狠手辣的杀人犯一起完成了任务。随着岁月的流逝，他的周围渐渐织起了一张无形的蛛网，可是他并没有意识到这一点。这天下午，哪怕他稍微明智一点，也会问一声：究竟是谁控制了谁？

面对着淫雨霏霏的阳台，镇长瞪着两只大眼一直躺到四点多钟。起来后，他洗了个澡，穿上军装，下楼到饭店去吃饭，然后又照例在警察局里巡视了一番。走到一个拐角，他忽然站住了，两手插在衣兜里不知干什么好。

黄昏时分，台球厅老板看见镇长走进来，两手还是插在衣兜里。老板从空荡荡的大厅尽头打了个招呼，镇长没有理他。

"来瓶矿泉水。"镇长说。

老板从冰箱往外拿瓶子的时候，响起了一阵哐啷哐啷的声音。

"这一两天您得去做个手术，"老板说，"肝上准保尽是小气泡。"

镇长端详一下杯子，喝了一口，打了个嗝。他把胳膊肘撑在柜台上，眼睛盯着杯子，又打了个嗝。广场上连个人影也瞧不见。

"我说,"镇长问,"出什么事了?"

"今天是礼拜天。"老板说。

"哦!"

他掏出一枚硬币放在柜台上,没有告辞一声就走了。走到广场的拐角,过来一个人。这个人走起路来一摇一晃,仿佛拖着条大尾巴。来人对镇长说了几句话,他一时没听明白,过了一会儿才反应过来。他模模糊糊地觉得出了什么事,忙不迭地朝警察局走去,三蹦两跳地上了楼,根本没有注意到门口围着一群一群的人。一个警察迎面走来,递给他一张传单。用不着看,镇长便知道是怎么回事了。

"这是他在斗鸡场上散发的。"警察说。

镇长急匆匆地穿过走廊。他打开第一间牢房的门,手扶着门把手,定睛一看,只见在暗影里坐着一个约莫二十来岁的小伙子,尖下巴,面色蜡黄,脸上尽是麻子,头戴一顶小棒球帽,眼镜片全都碎了。

"你叫什么名字?"

"佩佩。"

"还有呢?"

"佩佩·阿马多。"

镇长打量了他一阵儿,极力回想着。小伙子坐在给犯人当床用的水泥台上,样子很平静。他摘下眼镜,用衬衣的下摆擦了擦,眯缝着眼睛看了镇长一眼。

"咱们在什么地方见过吗？"镇长问。

"就在这儿。"佩佩·阿马多说。

镇长没有走进牢房。他边想边打量着犯人，然后关上门。

"好吧，佩佩，"他说，"我看你小子是活腻了。"

他锁上门，把钥匙放进口袋，走到大厅里，反复阅读那张秘密传单。

他朝着敞开的阳台坐下来，随手拍打着蚊子。空寂的大街上已经亮起了路灯。他很熟悉黄昏时的这种宁静。几年前，也是在这样一个黄昏，他充分体验到什么叫权势。

"看样子又来了。"他大声地自言自语说。

是的，又来了。和过去一样，传单两面都是油印的字。在秘密状态下，人们心情慌乱，印出的字模糊不清。单凭这一点，在任何地方、任何时候都能一下子认出来。

镇长在黑洞洞的房间里想了很久，把那张传单折起来又打开，打开又折起来，拿不定主意。最后，他把传单往衣兜里一揣，手指触到牢房的钥匙。

"罗维拉。"他叫道。

那名警察亲信在黑影中出现了。镇长把钥匙交给他。

"这个小伙子交给你管。"他说，"你要设法让他说出来，是谁把秘密传单带到镇上的。好言相劝他要是不听，"他一字一顿地说,"你可以用一切办法叫他开口。"

警察提醒镇长道,今晚他要值班。

"别去了,"镇长说,"没有新的命令,你什么也不用管。还有一件事,"他心血来潮似的接着说,"把院子里的人全都打发走,今天晚上不用巡夜了。"

随后,他把那三名警察——按照镇长的命令,他们一直待在警察局里无所事事——叫到那间铜墙铁壁的办公室里,让他们把锁在衣柜里的制服拿出来穿上。他们换衣服的时候,镇长把前几天晚上发给巡夜人的放烟火用的子弹从桌上收起来,又从保险柜里取出一把子弹。

"今天晚上你们去巡夜。"他一面说,一面检查枪支,把最好的几支枪发给他们,"你们什么也别干,可是一定要让大家知道是你们在街上巡查。"三名警察背上枪,镇长把子弹发给他们,站在他们面前说:"有一件事你们要听好,"他警告道,"谁要是胡来,我就要他站在院子的墙跟前,把他给毙了。"他等了一下,三个人没有答话。"懂了吗?"

三名警察当中,有一个长得像印第安人,相貌平常;另一个满头金发,身材魁梧,有一双亮晶晶的蓝眼睛。三个人把子弹装到子弹带里,听到镇长最后一句问话,马上立正说:

"明白了,中尉。"

"还有一件事,"镇长改用随随便便的口吻说,"阿希斯弟兄们都在镇上。今天晚上如果看到他们当中有人喝醉了,出来闹事,你们不要大惊小怪的。不管出什么事,千万别理他们。"三个人还是没有答话。"懂了吗?"

"明白了,中尉。"

"明白了就好,"镇长最后说,"打起精神来,好好干吧!"

因为宵禁,晚祷提前一个小时。做完晚祷,安赫尔神父关上教堂的大门,一股腐臭气味直钻鼻孔。但这股奇臭一下子就过去了,神父没太在意。过了一会儿,神父在煎青香蕉片、热牛奶准备吃饭的时候,才发现这股臭味是从哪儿来的。礼拜六特莉妮达生病以后,一直没人清理老鼠夹子。于是他又回到教堂,把老鼠夹子打开,将死老鼠拿掉,然后到和教堂相隔两条街的米娜家里去。

出来开门的是托托·比斯瓦尔。小小的堂屋里光线暗淡,零乱地放着几张小皮凳子,墙上挂着几幅版画。杯子里往外冒着热气。米娜的母亲和瞎奶奶在喝一种香喷喷的饮料。米娜在扎纸花。

"十五年了,"瞎老太太说,"您一直没到我们家来过,神父。"

确实如此。神父每天下午都从窗前经过,米娜就坐在窗前扎纸花,但是他从来没有进来过。

"不知不觉的,时间过得真快。"神父说。接着,他声称自己有急事,对托托·比斯瓦尔说:"这次来是想求您让米娜从明天起到我那儿去清理老鼠夹子。"他转过身来对米娜说:"特莉妮达上礼拜六病倒了。"

托托·比斯瓦尔当即答应了。

"嘻,白耽误工夫,"瞎老太太插话道,"别管怎么折腾,出不了今年,大伙儿全得完蛋。"

米娜的母亲连忙用手摁住她的膝盖,叫她住嘴。瞎老太太把她的手扒拉开。

"这种迷信邪说要受上帝惩罚的。"堂区神父说。

"纸上就这么写着,"瞎老太太说,"大街上血流成河,任凭谁也阻挡不住。"

神父向她投去怜悯的目光:她年纪太大了,面色苍白,没有一丝血色,两只死鱼眼似乎看透了一切事物的奥秘。

"这么说,我们都要受血的洗礼了。"米娜揶揄地说。

安赫尔神父偏过脸来,只见米娜满头漆黑的头发,脸庞和瞎奶奶一样苍白,周围环绕着一片彩纸彩带的迷雾,真像是学校晚会上的一幅寓意画。

"礼拜天,"神父对她说,"你还干活?"

"我早就说过了,"瞎老太太插嘴道,"像火烧眉毛似的。"

"穷人家不讲究这些。"米娜微笑着说。

托托·比斯瓦尔看见堂区神父一直站着,就拉过一把椅子,请他坐下。比斯瓦尔身体瘦弱,胆小怕事,一举一动老是那么畏畏缩缩的。

"谢谢,"神父婉言谢绝道,"宵禁的时间快到了,我得赶快回去。"他侧耳听了听,镇上静得出奇,于是说:"好像过了八点似的。"

当时他已经得知,牢房空了两年之后,佩佩·阿马多又进去了。镇上的居民又要受三名罪犯的摆布。从六点钟起,人们就躲在家里不出来了。

"莫名其妙,"安赫尔神父像是自言自语,"这种事,真是乱弹琴。"

"这种事早晚得出,"托托·比斯瓦尔说,"全国都罩在一张大蜘蛛网里。"

他随着神父来到门口。

"您没有看见秘密传单吗?"

安赫尔神父吃惊地停下脚步。

"又来了?"

"八月里,"瞎老太太说,"要有三天天昏地暗,日月无光。"

米娜伸过一只胳臂,递给她一枝没做完的纸花。"少说两句吧,"她对瞎奶奶说,"把这个弄完。"瞎老太太摸了摸,原来是一枝纸花。

"这么说,又来了。"神父说。

"大概有一个礼拜了,"托托·比斯瓦尔说,"这儿有一张传单，谁也不知道是什么人送来的。您一定知道是怎么回事。"

神父点了点头。

"传单上说，一切都原封未动，"托托·比斯瓦尔继续道，"政府是换了，还许了愿，说要和平，提出了各种保证。一开头大家都信以为真。可是，当官的呢，还是原班人马。"

"这话不假，"米娜的母亲插嘴道，"这不是，咱们这儿又宵禁了，那三个强盗又上街了。"

"还有一件新闻，"托托·比斯瓦尔说，"听说内地正在组织反政府的游击队。"

"这些都在纸上写着呢。"瞎老太太说。

"荒唐，"堂区神父边想边说，"应该承认，他们的态度和以前有所不同。或者，"他又改口道，"至少到今天晚上为止，态度是不一样嘛。"

过了几个小时，神父躺在蚊帐里，热得难以入眠。他自己问自己，我在这个堂区待的十九个年头中时光真的在流动吗？猛然间，房子对面响起了皮靴声和枪支声。皮靴声渐渐远去，一个钟头后返回原处，又走远了，但是没有枪声。整整一夜他没能合眼，天气又热，折磨得他疲惫不堪。过了一会儿，他才察觉到晨鸡已经啼叫好大一会儿工夫了。

马特奥·阿希斯按照鸡啼声估摸着时间。最后，他想还是问一问保险。

"几点了？"

诺拉·德哈科夫在昏暗中伸出胳臂，从床头柜上拿起夜光钟。答话之前，她完全醒过来了。

"四点半。"她说。

"他妈的！"

马特奥·阿希斯从床上跳下来。头一阵发痛，嘴里冒出一股苦涩味，他只得缓了缓劲。屋里黑灯瞎火的，他用两只脚寻摸着鞋子。

"再不走，天该亮了。"他说。

"那该多好，"她说着打开灯，一眼瞥见他那一节一节的脊梁骨和白皙的皮肤，"你得在这儿待到明天了。"

她全身裸露着，灯一亮，她的声音变得不那么放荡了。

马特奥·阿希斯穿上鞋。他身材高大，身板结实。近两年来，诺拉·德哈科夫只是偶尔跟他幽会一次。和这样的男人只能保持着暧昧关系，她感到很不惬意。照她看，像马特奥·阿希斯这样的男子汉才值得一个女人终身相托。

"你再不注意，可要变成大胖子了。"她说。

"日子过得太舒服了。"他回答道，极力掩饰着不快的心情。过了一会儿，他又笑嘻嘻地说："我大概是怀孕了。"

"但愿如此，"她说，"要是男人也生孩子，就不会那么牛气了。"

马特奥·阿希斯用内裤拾起地上的避孕套，走到卫生间，扔进马桶。洗手时，他使劲憋住气。一到天亮，仿佛到处都是她身上的气味。他回到房间，看见她坐在床上。

"不定哪天，"诺拉·德哈科夫说，"这种偷偷摸摸的勾当把我搞腻了，我就把这些事都嚷嚷出去。"

马特奥·阿希斯穿好衣服，又看了她一眼。诺拉意识到自己雪白的胸脯裸露在外面，于是一边说话，一边把被单拉到脖颈上来。

"我看，"她接着说，"咱们还是在床上吃早饭，一直在这儿待到下午吧。我满可以给自己贴一张匿名帖。"

马特奥·阿希斯开怀大笑起来。

"老本哈民要急死了,"他说,"他最近怎么样?"

"你想想看,"她说,"他盼着奈斯托尔·哈科夫早点见上帝呢。"

诺拉看到马特奥走到屋门口,摆摆手向她告别,就说:"最好圣诞节你再来一趟。"马特奥同意了。他踮着脚尖悄悄走过庭院,走出大门,来到大街上。冰凉的露水使空气变得湿漉漉的,来到广场时,只听迎面一声断喝。

"站住!"

一只手电筒的光束照到马特奥的眼睛上,他连忙把脸偏过去。

"啊,他妈的!"镇长说。他躲在灯光后面,马特奥·阿希斯看不清楚他。"瞧啊,咱们碰上谁了。你是从家出来,还是回去?"

镇长关上手电筒。马特奥·阿希斯这才看清是镇长,后面跟着三名警察。镇长的脸洗得干干净净的,武装带上挂着冲锋枪。

"我回家去。"马特奥·阿希斯说。

镇长走过来,借着路灯看了看表,差十分五点。他朝警察一挥手,命令他们解除宵禁。军号吹响了。清晨,号音显得格外凄凉,等到号声响过,镇长把警察打发走了,然后陪着马特奥·阿希斯穿过广场。

"行了,"他说,"匿名帖的事总算完了。"

他的声音听起来并不是兴高采烈,而是疲惫不堪。

"抓到贴匿名帖的人了?"

"还没有，"镇长说，"不过我刚刚转了一圈，我可以担保，今天清晨第一次没出现匿名帖。无非是辛苦点。"

走到阿希斯家大门口时，马特奥·阿希斯抢先紧走几步，把狗拴住。女仆们在厨房里伸懒腰。镇长一进来，那几只用链子拴住的狗冲着他一阵狂吠。过了一会儿，平静下来了，只剩下来回走动的脚步声和喘气声。阿希斯寡妇走过来，看见镇长和马特奥·阿希斯坐在厨房门口喝咖啡。天色已然放亮了。

"起早贪黑的男人，"寡妇说，"是妻子的好帮手，可不是好丈夫。"

寡妇的心绪很好，然而脸上仍然露着倦容，看得出来，她一直睡不好觉。镇长和她寒暄着，从地上捡起冲锋枪，背在肩上。

"咖啡有的是，喝多少有多少，中尉，"寡妇说，"就是别在我家里拿刀动枪的。"

"刚好相反，"马特奥·阿希斯笑眯眯地说，"你应该借支枪，望弥撒时带上。你看是不是？"

"我用不着拿这些破烂玩意儿自卫，"寡妇反驳道，"上帝和我们在一起。"她板起脸来接着说："早在这方圆几百里以内没有神父以前，我们阿希斯家的人就属于上帝了。"

镇长告辞说："我得去睡觉了。这真不是人过的生活。"成群的鸡、鸭、火鸡纷纷涌到院子里，镇长东躲西闪地朝外面走。寡妇哄赶着鸡鸭。马特奥·阿希斯回到卧室，洗了个澡，换上衣服，又出来给骡子备鞍。他的几个兄弟天一亮就走了。

马特奥走到院子里的时候,阿希斯寡妇正在拾掇鸟笼子。

"记住,"她说,"第一要注意身体,第二要懂得和人保持距离。"

"他这次来就是要喝点咖啡,"马特奥·阿希斯说,"我们边走边谈,不知不觉地到家了。"

他站在走廊的尽头,两眼望着妈妈。她没有扭过身来,仿佛在对小鸟说话:"我要说的就是这些。你可别把杀人凶手领到家里来。"收拾完鸟笼,她又单刀直入地问马特奥:

"昨天晚上你在什么地方?"

那天上午,阿尔卡迪奥法官从日常生活的某些琐碎细节上看出了不祥之兆。为了掩盖忐忑不安的心情,他对他女人说:"我有点头痛。"上午出太阳了。几个礼拜以来,河水第一次换了一副和蔼的面孔,生皮子味也消逝得无影无踪。阿尔卡迪奥法官来到理发馆。

"法律的化身——瘸—拐的,"理发师迎上来说,"可总算来到了。"

地板刚上过油,镜子上抹着铅粉。理发师拿起一块抹布擦镜子。阿尔卡迪奥法官在理发椅上坐下来。

"要是没有礼拜一该多好啊!"法官说。

理发师开始给他剪头发。

"这得怨礼拜天,"理发师说,"没有礼拜天,也就不会有礼拜一了。"

阿尔卡迪奥法官闭上眼睛。昨天,他足足睡了十个钟头的觉,痛痛快快地和他女人闹腾了一气,又舒舒服服地洗了个澡,礼拜天还有什么可责怪的呢。可是一到礼拜一,气氛就显得很紧张。钟楼上传来九点的钟声,随后邻居家响起了缝纫机的嗡嗡声。而大街上却悄然无息。阿尔卡迪奥法官感到很吃惊。

"镇上的人都死绝了吧。"他说。

"你们巴不得这样啊,"理发师说,"从前,礼拜一上午到这个钟点,我起码给五个人理完发了。今天呢,托上帝的福,您是第一位顾客。"

阿尔卡迪奥法官睁开眼,朝镜子里看了看外面的小河。"你们?"他重复了一句,然后问道:

"你们指的是谁?"

"你们……"理发师迟疑了一下说,"你们没来以前,这个镇和别处一样,像堆臭狗屎。现在更是比哪儿都糟。"

"你跟我说这些话,"法官反驳道,"是因为你心里明白,我和这些事没有任何牵扯。"接着他又语气和缓地问:"这些话你敢对中尉讲吗?"

理发师承认他没有这个胆量。

"我每天早晨一起床,"他说,"心里就想今天一准躲不过去,非让他们给枪毙了不可。一连过了十年,还没见他们动手。这种滋味您是没领教过的。"

"没领教过,"阿尔卡迪奥法官承认这一点,"也不想领教。"

"您多多留神吧,"理发师说,"千万别受这份罪。"

法官低下头,沉默了好长时间之后,问道:"有件事你知道吗,瓜迪奥拉?"没等对方回答,他又说:"镇长陷在这个镇子上,拔不出脚去,而且越陷越深。他不声不响地一点一点在攒钱。这件事可教他开心了,他不会撒手不干的。"理发师一声不响地听他说话,法官最后说:

"我敢和你打赌,他不会再杀一个人。"

"您这样想吗?"

"我可以和你打赌,死一个人我出一百比索,"阿尔卡迪奥法官坚持说,"眼下,对他来说,能争得个平安无事,就再好不过了。"

理发师剪完头发,把椅子朝后一倾,默默地换了条围布。最后,他开口说话了,从声音里可以听出他有些困惑不解。

"这番话出自您的嘴,真是太奇怪了,"他说,"而且是对我讲。"

阿尔卡迪奥法官坐在椅子上动弹不了,否则他一定会耸耸肩。

"这些话我不是第一次说了。"他明确地说。

"中尉可是您最好的朋友。"理发师说。

他把声音压得很低,口气显得紧张又机密。他全神贯注地干着活,就像一个不常写字的人在签名一样。

"告诉我一件事,瓜迪奥拉,"阿尔卡迪奥法官神情庄重地问,"你对我有什么看法?"

理发师正给他刮胡子,想了一下回答说:

"到现在为止,我一直认为您这个人很懂得万事都有个头,而且不愿意拖后腿。"

"啊,你可以保持这种看法。"法官笑了。

法官阴沉着面孔一动不动地让理发师给他刮脸。有朝一日把他拉到绞刑架下,他大概也是这副表情。他紧紧地闭上双眼。理发师用一块明矾给他擦擦胡子,上了点扑粉,然后用一把柔软的猪鬃刷子把粉掸掉。解下围布时,顺手把一张纸悄悄地塞进他的衬衣口袋里。

"只有一件事您的想法不太对头,法官,"理发师说,"咱们这个国家快要出事了。"

阿尔卡迪奥法官朝四下看了看,理发馆里还是只有他们两个人。太阳炙烤着大地。九点半了,镇上还是寂然无声。缝纫机依然在嗡嗡作响。礼拜一到底还是来了。法官觉得似乎不只是理发馆里,就连镇上也只剩下他们两个人了。于是,他从衣兜里掏出那张纸片,读了起来。理发师转过身去收拾梳妆台。"高谈阔论整整两年,"他背诵着,"戒严、新闻审查,一切照旧,当官的还是

原班人马。"理发师从镜子里看到法官读完传单,便对他说:

"传给别人看看吧!"

法官把传单又放进衣兜里。

"你真勇敢。"他说。

"要是我总认错人,"理发师说,"几年前早就吃黑枣了。"随后,他又神情严肃地说:"请您记住,法官,这件事别向任何人泄露。"

阿尔卡迪奥法官走出理发馆,觉得口干舌燥。他来到台球厅,要了四杯酒,一杯接一杯地喝下去,看了看时间还早。他回想起上大学的时候,有一个礼拜六,他心里乱得像团麻,于是想出一个蠢办法。他跑到一家简陋的酒吧间的厕所里,在一块杨梅疮上撒了点火药,然后点上火。

喝到第四杯,堂罗克不再给他斟酒了。"照这么喝,"老板笑着说,"得让人把您像斗牛士似的扛出去了。"法官一听,咧着嘴笑了,两只眼睛还是那样无精打采的。又过了半个小时,他跑到厕所里,解完小便,出来前把秘密传单扔进了茅坑。

回到柜台时,法官看到酒瓶旁边放着一只刻有量度的酒杯。"这是给您的。"堂罗克轻轻地扇着扇子对他说。大厅里只有他们两个人。阿尔卡迪奥法官喝下半杯,然后不紧不慢地品尝着酒的滋味。"有件事,您知道吗?"他问。一看堂罗克好像没听明白,法官就说:

"快出事了。"

卡米查埃尔先生再次求见堂萨瓦斯。这会儿工夫,堂萨瓦斯正在天平上称午饭。这顿午饭量很少,和鸟食一样。"告诉他,我在睡觉。"他伏在妻子耳边悄悄地说。过了十分钟,他真的睡着了。一觉醒来,屋里的空气变得十分干燥,天气炎热,令人窒息。已经十二点多了。

"你梦见什么了?"妻子问道。

"什么也没梦见。"

她一直在等着丈夫自己醒过来,没去叫他。过了一会儿,皮下注射器煮开了。堂萨瓦斯在自己的大腿上打了一针胰岛素。

"你好像三年没做梦了。"女人不太高兴地说,仿佛刚刚想起这句话。

"浑蛋!"他吼道,"你打算怎么样?还能强迫人做梦?"

几年前,有一天中午,堂萨瓦斯做了一个梦,梦见一棵橡树不开花,光结刮脸刀。妻子给他圆梦,结果中了头彩。

"今天没做梦,明天准做。"她说。

"今天不做,明天也不做,"堂萨瓦斯不耐烦地顶撞她,"我才不为你那些蠢事做梦呢。"

妻子收拾房间的时候,堂萨瓦斯又躺在床上。屋里凡是带尖带刃的家伙,她都拿了出去。过了半小时,堂萨瓦斯一点一点欠起身来，怕的是情绪太激动，然后开始穿衣服。

"喂，"他问，"卡米查埃尔说什么了？"

"他说过一会儿再来。"

两个人坐到桌旁，谁也没再开口说话。堂萨瓦斯像小鸟啄食似的吃着简而又简的病号饭。他妻子那份午餐可真叫齐全，乍一看，像她那样纤弱的体格和有气无力的样子，这顿饭实在显得过于丰盛了。她思忖了好大一会儿工夫，才拿定主意问堂萨瓦斯：

"卡米查埃尔打算要什么？"

堂萨瓦斯连头也没抬。

"钱呗。还能要什么？"

"我早就料到了，"妻子叹了口气，用怜悯的口吻说，"可怜的卡米查埃尔，这么多年，钱像流水一样从他手里过，可他还是靠大家施舍过日子。"一说起这些，这顿饭便吃得兴味索然。

"给他吧，亲爱的萨瓦斯，"她恳求说，"上帝会报答你的。"她把刀叉交叉放在盘子上，好奇地问："他需要多少？"

"二百比索。"堂萨瓦斯不动声色地说。

"二百比索！"

"你想想看！"

对堂萨瓦斯来说，礼拜一和礼拜天刚好颠倒了。礼拜天最忙，礼拜一下午却闲得没事。他在办公室里一待就是几个钟头，坐在电风扇前尽情地打盹。与此同时，他家牧场里的牲口在长个、长膘、下崽。然而今天下午，他的心一刻也静不下来。

"天太热了。"妻子说。

堂萨瓦斯暗淡的眸子里闪过一丝被激怒的光芒。这间狭小的办公室里，有一张木制的旧办公桌，四把皮椅子，屋角堆放着马具。百叶窗关着，屋内的空气温吞吞的，有点憋闷。

"也许是吧，"他说，"十月份从来没这么热过。"

"十五年前，天也是这么热，闹过一次地震，"妻子说，"你还记得吗？"

"不记得了，"堂萨瓦斯心不在焉地说，"你知道，我什么也记不住。此外，"他没好气地说，"今天下午我也不想谈这些倒霉事。"

他合上眼，胳臂交叉起来，放在肚皮上，假装睡觉。"要是卡米查埃尔来了，"他喃喃地说，"告诉他，我不在。"妻子本想再求求情，一看他不答理，脸色都变了。

"你真不是个好东西。"她说。

堂萨瓦斯没再言语。妻子悄悄地离开办公室，关纱门的时候也没有弄出一点响动。堂萨瓦斯又睡着了，一直睡到黄昏。等他睁开眼一看，只见镇长坐在一旁，等他醒来，他还以为自己是在做梦呢。

"像您这样身份的人，"中尉喜眉笑眼地说，"可不该敞着门睡觉啊。"

堂萨瓦斯惊愕了一下，不过脸上没有显露出来。"对您来说，我家的大门永远是开着的。"他伸手要按电铃，镇长摆了摆手，没让他按。

"不来点咖啡吗？"堂萨瓦斯问。

"先不要，"镇长环视了一下这间屋子，好像在想念着什么，"您睡觉的时候，这里一切都很好，就像其他镇上一样。"

堂萨瓦斯用手指揉揉眼皮。

"几点了？"

镇长看了看表。"快五点了。"他说。然后，他在安乐椅上换了个姿势，悄悄地把话拉入正题。

"咱们谈谈，好吗？"

"我想，"堂萨瓦斯说，"我也干不了别的事了。"

"也没什么可干的，"镇长说，"说来说去，这件事对谁都不是个秘密。"他还是那样从容不迫，言谈举止十分自然。

"请您告诉我，堂萨瓦斯，自从蒙铁尔寡妇答应把牲口卖给您起，您究竟弄过来多少头了？又给多少头重新打上烙印了？"

堂萨瓦斯耸了耸肩。

"我一点数也没有。"

"您一定记得，"镇长用肯定的口气说，"这种事有一个名称。"

"盗窃牲畜。"堂萨瓦斯说。

"是的，"镇长肯定道，"比如说，"他不动声色地继续说，"三天内您拉走了二百头牲口。"

"但愿如此。"堂萨瓦斯说。

"好吧,就算二百头,"镇长说,"您知道有什么规定吗?每头牲口政府要抽五十比索的税。"

"四十。"

"五十。"

堂萨瓦斯只好不吭气了。他靠在弹簧椅的靠背上,转动着手指上那只镶着光滑的黑宝石的戒指,眼睛仿佛盯住一盘象棋。

镇长用冷酷无情的目光打量着他。"可是这一次,事情到此还不算完,"他接着说,"从现在起,何塞·蒙铁尔留下的全部牲口,无论在什么地方的,全部归镇政府保护。"他等了一会儿,看见对方没有反应,又解释说:

"您已经知道了,那个可怜的女人完全疯了。"

"卡米查埃尔呢?"

"卡米查埃尔,"镇长说,"两小时以前被看管起来了。"

听到这儿,堂萨瓦斯看了他一眼,流露出一副既佩服又惊讶的表情。他感到内心涌起一阵抑制不住的狂笑,猛地把肥胖笨重的身躯扑到办公桌上。

"妙极了,中尉,"他说,"照您看,这算得上一场美梦吧!"

黄昏的时候,希拉尔多大夫觉得许多往事又重现了。广场上的杏树又落满了灰尘。又一个冬天过去了,但冬天悄悄的脚步声在人们的记忆中留下了深刻的印记。安赫尔神父散步回来,正好看见大夫往诊所的门锁上捅钥匙。

"您瞧,大夫,"神父笑呵呵地说,"连开门也需要上帝帮忙。"

"有盏灯帮忙也行啊。"大夫笑着回说。

他把钥匙在锁眼里转了一下,才回过身来和安赫尔神父说话。他忽然发现,在暮霭中,神父沉着脸,面色通红。"请等一等,神父,"他说,"我看您的肝恐怕不太好。"说着,他拉住神父的胳臂。

"是吗?"

大夫打开门灯,端详着神父的脸。他对神父的关怀不仅是出于医生的职业感,更多的是出于人与人之间的关心。大夫推开纱门,打开诊所的灯。

"我给您检查一下,神父,这五分钟时间不会白花的,"他说,"看看血压怎么样。"

安赫尔神父本来有急事。大夫一坚持,他只好走进诊所,挽起袖子准备量血压。

"要说我那会儿,"神父说,"可没见过这些玩意儿。"

希拉尔多大夫把椅子放在他跟前,坐下来给他量血压。

"眼下才是您的好时候呢,神父,"他笑着说,"千万别错过。"

大夫两眼盯住血压计的水银柱,神父用好奇的目光环视着这间屋子，病人一进诊室，往往就变成这样痴痴呆呆的。墙上挂着一张已经发了黄的证书；一张小女孩的画像，脸庞本来是红扑扑的，现在一边面颊被虫蛀了，变成蓝色；还有一幅医生从死神手里抢救一个裸体女人的画像；屋子最里面有一张白色的铁床，后面有一个药柜，里头放满了贴着商标的药瓶。窗子旁边是一个放医疗器械的玻璃柜，还有两个装满书籍的书柜。屋里弥漫着各种各样的气味，属非饮用酒精的味道最呛鼻子。

量完血压，希拉尔多大夫脸上没有露出任何表情。

"这屋里缺一张圣像。"安赫尔神父嘟嘟哝哝地说。

大夫朝四面墙上溜了一眼。"不只是我这儿，"他说，"镇上也缺圣像。"说罢，他把血压计放进一个皮盒里，使劲拉上拉链，又说：

"告诉您吧，神父，血压正常。"

"我早就料到了。"堂区神父说。然后，他又有气无力地加上一句："比起往年来，今年十月我觉得最舒服了。"

神父慢腾腾地把衣袖放下来。他身上那件法袍四边缝了又缝，脚上穿着一双破旧的鞋，两只手很粗糙，指甲黢黑，像是被火烧焦了似的。只有在这种时候，才能看出他的真正处境：他这个人穷得没法再穷了。

"话虽如此，"大夫反过来说，"我还是很担心。像今年十月这样的天气，应该说您的饮食起居都不太合适。"

"上帝对人的要求是很严格的。"神父说。

大夫背过身去,眺望窗外阴暗的河流。"我想问一问,究竟严格到什么地步?"他说,"这么多年,您明明知道一切都是老样子,却非要把自己的内心世界包得严严的。我想,这恐怕不是上帝的意愿吧。"

他沉默半晌,又问:

"这些天,您没有感觉到,您的一番苦心正在化为乌有吗?"

"在这一生当中,每天晚上我都有这种感觉,"安赫尔神父说,"正因为如此,我才想第二天要更加努力从头干起。"

神父站起身来。"快六点了。"他说着,打算离开诊所。大夫站在窗前没动窝,只是伸出一只胳臂拦住神父,说:

"神父,这几天晚上,您应该扪心自问一下,您是不是打算给道德也贴上一块橡皮膏啊?"

安赫尔神父觉得心里一股怒火直往上冲,想掩饰也掩饰不住。"到临终的时候,"他说,"您就会明白这句话的分量了,大夫。"他道声"晚安",走了出去,轻轻地关好屋门。

诵经的时候,神父的精神老是集中不起来。他关上教堂的大门,米娜走过来告诉他,两天内只逮住一只老鼠。神父似乎觉得,特莉妮达不在的这些日子,老鼠大量繁殖,简直要把教堂挖塌了。米娜放了老鼠夹子,在奶酪里下了毒药。神父还亲自帮她追踪老鼠,发现新鼠洞,用沥青把洞堵死。结果都无济于事。

"干活嘛，要有信心，"神父对米娜说，"老鼠一定会像羊羔一样乖乖地上夹子的。"

入睡之前，神父躺在光秃秃的凉席上，翻过来掉过去睡不着。他心里十分明白，大夫的话打动了他的心，一种失败的情绪暗暗攫住了他。他感到忐忑不安，教堂里老鼠成群结伙地窜来窜去，自从宵禁以来，全镇陷于可怕的瘫痪状态。这一切像一股看不见的力量使他的头脑不停地旋转，他记起了一件最怕忆及的往事。

那是他刚刚来到镇上的时候。一天半夜，有人把他叫起来，请他在诺拉·德哈科夫临终前再去拉她一把。他走进一间卧室，只见床头摆着一副十字架，靠墙根放着好几把空椅子，仿佛在迎接死神的到来。在那里，他听了一次戏剧性的忏悔。诺拉·德哈科夫奄奄一息，她讲得非常冷静、简短而又详尽。她坦白说，她的丈夫奈斯托尔·哈科夫不是那个刚刚出世的女儿的父亲。安赫尔神父说，她要想得到宽恕，必须当着她丈夫的面把刚才忏悔的话重说一遍。

马戏团老板有节奏地叫着号子，几个小伙子一下一下地把帐篷支架从地里拔出来。帐篷颓然坍塌下来，发出一阵风吹树梢般的沙沙声。天亮时，帐篷已经叠放好，女人和孩子们坐在大箱子上吃早饭，男人们把驯兽运到船上。小船拉响第一声汽笛，光秃秃的空地上只留下一堆堆篝火的残迹，仿佛告诉人们有一只史前动物从本镇经过。

此时，镇长还没有睡觉。从阳台上看见马戏团上了小船，他也来到码头，加入喧闹的人群。他身上的军装没有脱，由于睡眠不足，两眼布满血丝，胡子两天没刮了，脸上露着一副凶相。老板从船舱顶上望见镇长。

"您好，中尉，"老板喊道，"我可要离开贵国了。"

老板的背后有一圈宽大明亮的光环，照得他圆圆的脸上显出一副主教的神气。他手中握着那条卷起来的鞭子。

193

镇长走到河边，张开双臂兴冲冲地喊道："哎哟，真遗憾，将军。我希望你能老老实实地告诉大家，你为什么要走？"他随即转向众人，大声地说：

"他不肯给孩子们白演一场，所以我才不准他演出。"

小船拉响最后一声汽笛，紧接着发动机发出隆隆的响声，盖过了老板的答话声。河水冒出一股从河底泛上来的泥浆味。等小船在河心转了个弯以后，老板靠在船舷上，把两手握成喇叭状，用尽全身力气高声喊道：

"再见，警察，你这个臭婊子养的。"

镇长的脸色丝毫未变。他两手插在衣兜里，一直等到发动机声消失后，才满面春风地从人群中走过，迈进叙利亚人摩西的商店。

快八点了。叙利亚人把摆在门口的商品收拾起来。

"看样子，您也要挪窝啊。"镇长对他说。

"快了，"叙利亚人眼瞅着天说，"快下雨了。"

"礼拜三不会下雨。"镇长用肯定的口气说。

镇长把两肘撑在柜台上，仰望着港口上空滚滚的乌云。叙利亚人收拾完东西，叫他老婆端点咖啡来。

"照这样下去，"叙利亚人叹了口气，像是自言自语地说，"咱们得从别的镇上借人了。"

镇长一口一口地品着咖啡。又有三户人家离开了本镇。据叙利亚人摩西的统计，加上这三家，一个礼拜内走了五家。

"他们早晚会回来的，"镇长边说边端详着咖啡渣在杯底留下的奇形怪状的花纹，接着又满不在乎地说，"不管走到什么地方，他们都不会忘记自己的胞衣是埋在咱们这个镇上的。"

镇长刚说完没雨，天上就下起倾盆大雨来。几分钟的工夫，镇子被水淹了。镇长不得不在商店里一直等到大雨过去，然后去了警察局。他一进门就看见卡米查埃尔先生。他还坐在院子当中的一张小凳上，浑身上下被大雨浇得湿透了。

镇长没和卡米查埃尔先生打招呼。他先是听了警察的报告，然后让人打开关押佩佩·阿马多的牢房。阿马多脸朝下，趴在砖地上，好像睡得很香。镇长用脚把他扒拉过来，一看他的脸被打得不成人样了，心里不由得暗暗感到一阵怜悯。

"从什么时候起他就没吃饭了？"镇长问。

"前天晚上。"

镇长吩咐把他扶起来。三名警察架着阿马多的胳肢窝，把他拖到牢房尽头，让他坐在那个靠墙的半米高的水泥台上。刚才他趴过的地方留下一片潮湿的痕迹。

两名警察扶着他坐好，另外一名警察揪住他的头发，让他抬起头来。要不是看见他还在不均匀地喘气、嘴唇上露出被折磨的筋疲力竭的表情，人们还以为他死了呢。

警察走了以后，佩佩·阿马多睁开眼睛，摸着黑抓住水泥台的边缘,然后趴在水泥台上,嘴里发出一声嘶哑的呻吟。

镇长离开牢房,吩咐手下人给犯人弄点吃的,让他睡会儿觉。"再过一会儿,"他说,"继续敲打他,叫他把知道的事通通倒出来。照我看,他挺不了多少工夫了。"从阳台上望下去,镇长看到卡米查埃尔先生还待在院子里,两手蒙住脸,蜷缩在凳子上。

"罗维拉,"他叫道,"你到卡米查埃尔家去一趟,叫他老婆把衣服送来。"接着他又急急巴巴地说:"完事了,把他带到我办公室来。"

镇长靠在办公桌上睡得蒙蒙眬眬的,只听外边有人叩门。原来是卡米查埃尔先生。他穿着一身白色的衣服,浑身上下全干了,只有一双鞋泡得囊囊的,好像刚从水里捞出来似的。镇长没有答理卡米查埃尔,他让警察拿双鞋来。

卡米查埃尔先生朝警察扬了扬手,说:"就这样吧。"他转过脸来,态度凛然地对镇长说:

"我就剩下这双鞋了。"

镇长让他坐下。二十四小时前,卡米查埃尔先生被带到这间铜墙铁壁的办公室,镇长就蒙铁尔的财产状况对他进行了长时间的审问。他详细地做了介绍。最后,镇长透露他打算买下蒙铁尔的遗产,价钱由镇上的行家议定。卡米查埃尔回答得很干脆:在没有解决继承权之前,不能变卖任何东西。

两天来他忍饥挨饿,受尽风吹雨打,到了今天下午,仍然表示毫无通融的余地。

"你啊，卡米查埃尔，真是头蠢驴，"镇长对他说，"等到解决完继承权问题，堂萨瓦斯那个老贼可要把蒙铁尔家所有的牲口都打上他家的烙印了。"

卡米查埃尔先生耸了耸肩。

"好吧，"镇长沉默了好久，然后说，"人人都知道，你是个正直的人。不过你要记住，五年前，堂萨瓦斯曾经把一份名单交给了何塞·蒙铁尔，上面写着所有同游击队有联系的人的名字。因此，他是留在镇上的唯一的反对派头子。"

"还有一个，"卡米查埃尔先生用尖酸刻薄的口吻说，"那位牙医。"

镇长没有答理他的插话。

"为了这么一个动不动就出卖自己手下人的家伙，你在露天里风吹日晒，一坐就是二十四个小时，犯得上吗？"

卡米查埃尔先生低下头，两眼盯着自己的手指甲。镇长坐在办公桌上，用温和的口气说：

"再说，你也得为你的孩子着想啊。"

卡米查埃尔先生并不知道昨天晚上他的妻子和两个大儿子找过镇长，镇长答应他们在二十四小时之内把他放出去。

"那您就不用操心了，"卡米查埃尔先生说，"他们自己会照管好自己。"

他听到镇长在办公室里踱来踱去,于是抬起头来,舒了口气说:"您还有一招没拿出来呢,中尉。"他低眉顺眼地瞥了一下镇长,又继续说下去:

"把我枪毙。"

镇长没有回答。过了一会儿,镇长在自己的房间里呼呼睡着了。卡米查埃尔先生又被带回院子里的板凳上。

这时候,在离警察局只有两条大街的法院办公室里,秘书显得很开心。整个上午,他待在办公室里打瞌睡,忽然一睁眼,瞥见了蕾薇卡·德阿希斯白光耀眼的胸脯,想回避都来不及。那是临近中午的时候,事情来得像闪电一样急促。洗澡间的门突然打开了,那个令人着迷的女人一丝不挂地走出来,只在头上裹着一条毛巾。她轻轻地喊了一声,赶忙将窗户关上。

秘书躲在办公室的暗影里,待了足有半个小时,那女人的身影还在眼前晃来晃去,害得他心猿意马。快十二点了,他锁上门,走出办公室,想找个什么人聊一聊,回味回味这件美滋滋的事。

路过邮电局时,局长向他招了招手。"咱们这儿要来一位新神父了,"局长说,"阿希斯寡妇给教皇写了一封信。"秘书表示不想听下去。

"做人的第一美德,"他说,"就是要守口如瓶。"

在广场的拐角,秘书碰见了本哈民先生。他的店门前有两个水坑,他正站在水坑前,琢磨着怎么跳过去。"这件事您要是知道了呀，本哈民先生。"秘书开了个头。

"什么事？"本哈民先生问。

"没什么，"秘书说，"这个秘密我至死也不向人披露。"

本哈民先生耸耸肩。只见秘书像个青年人似的一纵身跳过水坑，他也冒险跳了过去。

本哈民先生不在的时候，有人把一个三屉饭盒放在店铺后面的房间里，还有盘子、叉子和叠好的桌布。本哈民先生十分利落地打开桌布，把东西摆好，准备用午饭。他先喝了点汤，黄澄澄的汤上漂着一圈圈的油花，还有一块排骨。另外一个盘子里是白米饭、炖肉，还有一块煎木薯。天气慢慢热起来了，但本哈民先生根本没有在意。吃完饭，他把盘子叠在一起，把一屉一屉的饭盒摞好，喝了一杯水。

他正要把吊床挂起来，听见有人走进店铺。

一个有气无力的声音问道：

"本哈民先生在吗？"

他探了探头，一看是一位穿着黑衣服的妇女，头上包着一条毛巾，皮肤是暗灰色的。原来是佩佩·阿马多的母亲。

"不在。"本哈民先生说。

"哦，是您啊。"女人说。

"我听见您叫了，"他说，"我是装糊涂，我知道您找我干什么。"

本哈民先生挂好吊床,那个女人站在店铺后面的小门那里犹犹疑疑的。她每喘一口气,喉咙里就发出一种轻微的咝咝声。

"别待在那儿,"本哈民先生粗声粗气地说,"要么出去,要么进来。"

她在桌子前面的凳子上坐下来,默默无声地啜泣着。

"对不起,"他说,"您应该懂得,要是大家看见您在我这儿,我也就跟着沾上边了。"

佩佩·阿马多的母亲从头上摘下毛巾,擦了擦眼睛。本哈民先生拴好吊床以后,习惯性地拽了拽绳子,看拴结实了没有。然后他走过来和那个女人说话。

"您这趟来,"他说,"是想叫我写份状子?"

女人点了点头。

"这就是说,"本哈民先生接着说,"您还相信那个玩意儿。眼下呀,"他低声道,"打官司不靠状纸,专靠枪子儿。"

"人们都这么说,"她答道,"可是弄来弄去,只有我的孩子关在监狱里。"

她一边说话,一边把攥在手里的手帕打开,从里面拿出几张被汗水浸湿的票子,一共是八个比索。她把钱交给本哈民先生。

"我就剩这点钱了。"

本哈民先生瞟了一眼,耸了耸肩,拿起钞票,放在桌子上。"我明知道这是白耽误工夫,"他说,"好吧,我给您写,无非是向上帝表示一下我的为人有多么固执。"那个女人默默地表示感谢，又啜泣起来。

"无论如何，"本哈民先生劝她说，"您得求镇长开开恩，准许您去探望一下孩子，劝劝他把知道的事说出来。除此之外，这张状子简直起不了任何作用。"

佩佩·阿马多的母亲用毛巾擦了擦鼻子，然后把毛巾包在脑袋上，走出店铺，连头也没回一下。

本哈民先生一觉睡到四点钟，到院子里洗脸的时候，天已经放晴了，许多小虫子在空中飞来飞去。他换上衣服，梳了梳那几根稀稀落落的头发，然后到邮电局去，买了一张正式的公文纸。

本哈民先生正要回到店里写状子，忽然觉得镇上好像出了什么事。远处传来叫喊声。几个年轻人从他身边跑过去。他忙向他们打听，小伙子们一边跑一边告诉他是怎么回事。于是，他又回到邮电局，退还了公文纸。

"用不着了，"他说，"他们刚把佩佩·阿马多处决了。"

镇长还没有完全醒过来。他一手拿着皮带，另一只手系着军衣扣子，腾腾两下跳下了住所的楼梯，看看天色，弄不清是什么时候。不管有事没事，他总要到警察局去一趟。

一路走来，各家的窗子都关得挺严实。走到街中心时，只见迎面跑过来一个女人，两臂朝左右伸开。几只蚊子在清新的空气中飞来飞去。镇长还没有弄清出了什么事，掏出手枪撒腿就跑。

一群妇女正要强行闯进警察局的大门。几个男人拦着，不让她们进去。镇长三拳两脚推开人群，背靠住大门，枪口对准大家。

"谁敢往前走一步，我就毙了他。"

从里边顶住门的那名警察打开大门，端起上了膛的步枪，吹起警哨。另外两名警察跑到阳台上，朝天放了几枪。人群立即朝大街的两头散开了。这时候，那个女人像只狗似的嗷嗷叫着出现在大街拐角处。镇长一下子认出了是佩佩·阿马多的母亲。于是，他连忙跳了一下，躲进警察局里，从楼梯上命令门口那名警察说：

"看住这个女人！"

警察局里像死一般沉寂。其实，究竟出了什么事，镇长并不清楚。他把堵在牢房门口的警察拽开，才看见佩佩·阿马多。阿马多趴在地上，身体蜷缩成一团，两手夹在大腿中间，脸色煞白，但身上没有血迹。

镇长看了看，确实没有伤痕，他把尸体仰面朝天放好，把死者的衬衣下摆塞进裤子里，系好裤扣，最后又给他系上皮带。

镇长站起来时，心情已经平静下来。他站在警察对面，脸上露出了疲倦的神情。

"谁干的？"

"大伙儿，"那个黄头发大个子说，"他想逃跑。"

镇长心事重重地看看他，一时间好像找不到什么话说。"你这套瞎话，谁也不会相信。"说着，镇长朝大个子走过去，伸出一只手。

"把枪给我。"

警察解下枪带，交给镇长。镇长取出两颗打过的弹壳，换上两发新子弹，把废弹壳放进衣兜里，然后把枪交给另一名警察。黄头发大个子（从近处看，他的脸上还有一股孩子气）被带到旁边的那间牢房里。走进牢房，他把衣服全部脱掉，交给镇长。这些事做得不慌不忙，仿佛举行什么庆典似的，每个人都知道自己该干什么。最后，镇长亲自关上死鬼佩佩·阿马多的牢房门，走到院子的平台上。卡米查埃尔先生还在板凳上坐着。

卡米查埃尔先生被带到办公室，镇长请他坐下，他没有搭腔。他站在办公桌前面，衣服又是湿漉漉的。镇长问他看没看到周围发生的事情，他几乎连头也没有动一动。

"好吧，"镇长说，"这件事我还没来得及考虑一下怎么处理。不管怎么说吧，"他继续道，"你要记住，愿意也好，不愿意也好，反正你已经卷进来了。"

卡米查埃尔先生还是愣怔怔地站在办公桌前面，衣服贴在身上，皮肤开始发肿，好像在水里泡了三天三夜似的。镇长又等了一会儿，看他还是没有反应。

"我说，卡米查埃尔，你要识时务，现在咱们是一家人了。"

他说话的时候，神态庄重，摆出一副煞有介事的样子。但是，这些话似乎没在卡米查埃尔先生的脑海里掀起任何波澜。他站在办公桌前，身体肿胀，神情忧悒，一动也不动，等到大铁门关上之后，他还是这副神态。

这时候，在警察局门前，两名警察抓住佩佩·阿马多母亲的手腕。三个人争斗了一气，好像正要歇一会儿。那个女人静静地喘着气，眼泪已经哭干了。镇长一出现在门口，她便嘶哑地号叫了一声，猛地一甩，从一名警察手里挣脱出来，另一名警察挥拳把她打翻在地上。

镇长连看也没看她一眼。他叫一名警察陪着他走到大街拐角，来到围观的人群面前。他对着众人说：

"要是大家不愿意看着事情闹大，哪位出个头，把这个女人带到家里去。"

警察陪着镇长穿过人群来到法院。法院里一个人也没有。于是，镇长又到阿尔卡迪奥法官家里去，连门也没敲，就推开大门，高声喊道：

"法官！"

阿尔卡迪奥法官的女人拖着孕妇特有的腔调在暗影里回答说：

"出去了。"

镇长站在门槛上问：

"上哪儿去了？"

"上他去的地方呗，"女人说，"准是找哪个臭婊子去了。"

镇长示意要警察进去。他们大摇大摆地从阿尔卡迪奥法官的女人身旁走过,谁也没有看她一眼,在卧室里搜查了一气,连个人影也没发现,于是他们又回到堂屋。

"他什么时候出去的?"镇长问。

"前天晚上。"女人说。

镇长沉吟了好大一阵儿。

"婊子养的,"他冷不丁地喊道,"他还能入地五十米!还能又钻进他婊子娘的肚子里去!不管是死是活,一定得把他揪出来。政府的手哪儿都够得着。"

女人叹了口气。

"您这些话,上帝会听见的,中尉。"

天慢慢地黑下来了。街上的人群还被警察拦在警察局的拐角处。有人把佩佩·阿马多的母亲带走了。小镇表面上平静下来。

镇长径直走到死者的牢房。他吩咐人拿来一块帆布,和警察一起给死者带上帽子、眼镜,再用帆布把尸体包裹起来,随后,在警察局里搜罗来一些麻绳和铁丝,把尸体从脖子一直缠到脚腕。收拾停当后,镇长浑身热汗淋淋,但心情总算平静下来了,仿佛从身上卸下了一副重担。

这时候,他把牢房的灯打开。"找把铁锹、镐头,再带盏灯来,"镇长命令警察说,"叫上冈萨莱斯,你们一块儿到后院,挖个深坑。靠里边挖,那儿比较干松。"他说说停停,仿佛想一句说一句似的。

"你们一辈子都给我记住，"他最后说道，"这个小子没死。"

过了两个小时，坟坑还没有挖好。镇长从平台上望出去，街上冷冷清清的，只有一名值勤的警察从一个墙角走到另一个墙角。他打开楼梯的灯，躲到大厅最幽暗的一个角落，耳边只听见远处一只石鸻鸟一声一声地啼叫。

安赫尔神父的声音把他从沉思中唤醒。他先是听到神父和值勤警察说话，接着又听见陪他一起来的人说了几句，最后听出了说话的人是谁。他躺在折叠椅上没有动弹，过了一会儿，又听见他们边说边走进警察局，旋即听到上楼的脚步声。黑暗中他伸出左手，抓住卡宾枪。

安赫尔神父看见镇长出现在楼梯顶上，当即停下脚步。再下面两级站着希拉尔多大夫。大夫身穿一件浆洗过的白大褂，手里拎着药箱。一见镇长，他露出了两行尖利的牙齿。

"我白等了，中尉，"大夫客客气气地说，"整整一下午我一直等着您叫我来验尸。"

安赫尔神父用明亮而温顺的眼睛盯着大夫，然后又转向镇长。镇长笑了笑。

"验什么尸啊，"他说，"又没死人。"

"我们想看看佩佩·阿马多。"堂区神父说。

镇长把卡宾枪的枪口对着下面，仍旧对大夫说："我也很想看看他，有什么法子呢？"说罢，板起了面孔。

"他逃跑了。"

安赫尔神父迈上一级楼梯。镇长举起卡宾枪，对准神父。"站住，别动，神父！"他警告说。此时，大夫也登上了一级楼梯。

"听我说，中尉，"大夫还是笑吟吟的，"在咱们镇上没有不透风的事。从下午四点钟起，大家都知道你们把那个小伙子干掉了，和堂萨瓦斯害死卖出去的驴用的办法一样。"

"他逃跑了。"镇长重复了一遍。

镇长只顾盯住大夫，不料安赫尔神父高举着双臂一下子登上两级楼梯。

镇长咔的一声拉开枪栓，两腿叉开，兀立在那里。

"站住！"他一声断喝。

大夫抓住堂区神父的衣袖。安赫尔神父咳嗽起来。

"打开窗子说亮话，中尉，这个尸非验不可。"大夫说。他说话的口气很硬，多少年来这还是第一次。"监狱的犯人都爱得晕厥病，这个秘密现在也该揭开了！"

"大夫，"镇长说，"你敢动一动，我就开枪。"他斜着眼瞥了一下神父，又说道："您也一样，神父。"

三个人站在那里一动也不动。

"除此之外，"镇长继续对神父说，"您该高兴高兴了，神父。匿名帖就是那个小伙子贴的。"

"为了上帝的爱……"安赫尔神父说。

一阵痉挛性的咳嗽弄得他无法继续说下去。镇长等着他咳完,又说:

"你们听着,我开始数数。一数到三,我就闭上眼,冲着大门开枪。从现在起,你们要永远记住我的厉害。"他毫不含糊地警告大夫道:"少说废话。现在在打仗,大夫。"

大夫拉住堂区神父的衣袖下了楼梯,没再转过身来。蓦地,他放声大笑起来。

"我喜欢这样,将军,"他说,"现在我们算是知道谁是谁了。"

"一!"镇长开始数数。

他们走了出来,没有听见数"二"。走到警察局拐弯的地方,两个人分了手。神父已经支持不住。他眼里噙着泪水,把脸扭到一边去。希拉尔多大夫面带微笑地拍了拍他的肩膀。"不要大惊小怪的,神父,"他说,"生活就是这样。"大夫走到家门口拐角的地方,借着路灯看了看表,差一刻八点。

神父吃不下饭去。宵禁以后,他坐下来写信,趴在写字台上一直写到半夜。蒙蒙细雨把周围的一切都变得模模糊糊的。他写起字来用的劲儿很大,字母都写成了双道,字迹十分清晰。他心潮澎湃,直到钢笔写干了,在纸上画几下写不出字来,才想起蘸蘸墨水。

第二天，做完弥撒，他把信送到邮局，其实要到礼拜五才能送走。上午，空气潮湿，烟雾迷蒙。近中午的时候，天放晴了。一只迷途的小鸟飞到院里，在晚香玉的花丛中一瘸一拐地跳跃了半个时辰。小鸟的啼声越来越高，每叫一次就提高八度，到后来声音尖厉得用耳朵都听不见了。

黄昏，安赫尔神父出去散步。忽然他发觉整整一下午总有一股秋天的芬芳伴随着他。在特莉妮达家里，他和在家中养病的姑娘谈论起十月里各式各样的疾病，心情十分忧闷。谈着话，神父想起了有一天晚上蕾薇卡·德阿希斯到他书房里来，身上也是散发着那样一种馥郁的香气。

回来的路上，神父到卡米查埃尔先生家看了看。卡米查埃尔先生的妻子和大女儿伤心极了，一提起亲人被捕，她们就痛哭失声。相反，小孩子们看不到爸爸那副严厉的面孔倒都挺高兴的。他们端着一碗水正在喂蒙铁尔寡妇送来的那对小兔。说着说着安赫尔神父突然停了下来，用手比画着，没头没脑地说：

"啊，我知道了，是乌头。"

哪里是什么乌头。

再没有人提起匿名帖的事了。在新近发生的一系列令人眼花缭乱的事件中，匿名帖不过是一段美丽动人的小插曲。黄昏散步时，安赫尔神父越发相信这一点。晚祷后，他在书房里和几位天主教的女信徒谈了会儿话。

大家走后，神父觉得肚子饿了。他煎了几片青香蕉，煮了点牛奶咖啡，就着一小块奶酪吃下去。吃饱饭，那股香味也就忘掉了。他脱了衣服，钻进蚊帐里，逮住几只没被杀虫药杀死的蚊子，然后准备躺下睡觉。他一口气又打了几个嗝，胃里一个劲儿地泛酸，但心情却很平静。

神父睡得十分香甜。宵禁后四下里静悄悄的。耳边仿佛听到窸窸窣窣的声音。还有清晨的寒霜绷紧琴弦发出的嚓嚓声，最后还听到一阵昔日的歌声。差十分五点，他发现原来自己还活着，费了好大力气欠起身来，用手指揉了揉眼皮。他想："十月二十一日，礼拜五。"想完了又高声说道："圣伊拉里翁。"

神父穿好衣服，没去洗脸，也没去祈祷。他扣好长袍上的一串扣子，蹬上平时穿的那双破靴子，鞋底已经开绽了。在晚香玉的芬芳气息中，他打开屋门，忽然想起了一句歌词。

"我将永远留在你的梦中。"他叹了口气。

神父刚要敲钟，米娜推开了教堂的门。她走进洗礼堂一看，奶酪原封未动，老鼠夹子也还是老样子。安赫尔神父打开冲着广场的大门。

"真倒霉！"米娜晃了晃空盒子说，"今天一只老鼠也没抓住。"

安赫尔神父没有理她。朝霞灿烂，空气清新，似乎预示着无论出什么事，今年的十二月也会准时到来。只有巴斯托尔的声音永远消逝了,这一点神父感受得最为深切。

"昨天夜里又有人弹奏小夜曲了吧。"神父说。

"是用枪子儿弹的,"米娜说,"刚才还响枪呢!"

神父第一次看了她一眼。她面色十分苍白,和瞎奶奶一样;腰间也系着一条某个世俗团体使用的淡蓝色的绸带。但是,她和特莉妮达不太一样,特莉妮达有点男孩子气,而她正在变成一个大姑娘。

"在什么地方?"

"到处都是,"米娜说,"他们像疯子一样到处搜查秘密传单。听说他们掀开了理发馆的地板,碰巧发现了武器。监狱里关满了人。不过,听说男人们都上山找游击队去了。"

安赫尔神父叹了口气。

"我什么也不知道。"他说。

说罢,神父朝教堂深处走去,米娜默默地跟在后面,一直走到大祭坛。

"这算不了什么,"米娜说,"尽管昨天晚上宵禁、开枪……"

安赫尔神父停住脚步,扭回头来,用那双庄重的天蓝色眼睛看着她。米娜也停下脚步,腋下夹着空盒子,话没说完,却神经质地笑了笑。

图书在版编目（CIP）数据

恶时辰 /（哥伦）加西亚·马尔克斯著；刘习良，笋季英译. -- 2版. -- 海口：南海出版公司，2024.4
ISBN 978-7-5735-0813-3

Ⅰ.①恶… Ⅱ.①加… ②刘… ③笋… Ⅲ.①长篇小说-哥伦比亚-现代 Ⅳ.①I775.45

中国国家版本馆CIP数据核字(2024)第042555号

恶时辰
〔哥伦比亚〕加西亚·马尔克斯 著
刘习良 笋季英 译

出　　版	南海出版公司　(0898)66568511
	海口市海秀中路51号星华大厦五楼　邮编 570206
发　　行	新经典发行有限公司
	电话(010)68423599　邮箱 editor@readinglife.com
经　　销	新华书店
责任编辑	侯明明
特邀编辑	张馨予　陈方琪　吕宗蕾
营销编辑	李琼琼
装帧设计	韩　笑
内文制作	田小波
印　　刷	北京盛通印刷股份有限公司
开　　本	850毫米×1168毫米　1/32
印　　张	7
字　　数	60千
版　　次	2013年3月第1版　2024年4月第2版
印　　次	2024年4月第1次印刷
书　　号	ISBN 978-7-5735-0813-3
定　　价	59.00元

版权所有，侵权必究
如有印装质量问题，请发邮件至 zhiliang@readinglife.com

著作权合同登记号　图字：30-2012-061
LA MALA HORA by GABRIEL GARCÍA MÁRQUEZ
© Gabriel García Márquez, 1962, and Heirs of Gabriel García Márquez
All Rights Reserved.